VIDA E ÉPOCA DE MICHAEL K

J.M. COETZEE

Vida e época de Michael K

Tradução
José Rubens Siqueira

3ª edição

Copyright © 1983 by J.M. Coetzee

Todos os direitos mundiais reservados ao proprietário.
Publicado mediante acordo com Peter Lampack Agency, Inc.
350 Fifth Avenue, Suite 5300, New York, NY 10118, USA.

Grafia atualizada segundo o Acordo Ortográfico da Língua Portuguesa de 1990,
que entrou em vigor no Brasil em 2009.

Título original
Life & Times of Michael K

Capa
Thiago Lacaz

Preparação
Flávio Moura

Revisão
Beatriz de Freitas Moreira
Carmen S. da Costa

Dados Internacionais de Catalogação na Publicação (CIP)
(Câmara Brasileira do Livro, SP, Brasil)

Coetzee, J.M.
 Vida e época de Michael K / J.M. Coetzee ; tradução
José Rubens Siqueira. — 3ª ed. — São Paulo : Companhia
das Letras, 2023.

 Título original: Life & Times of Michael K.
 ISBN 978-65-5921-364-1

 1. Ficção sul-africana I. Título.

23-163495	CDD-823

Índice para catálogo sistemático:
1. Ficção : Literatura africana em inglês 823

Eliane de Freitas Leite – Bibliotecária – CRB 8/8415

Todos os direitos desta edição reservados à
EDITORA SCHWARCZ S.A.
Rua Bandeira Paulista, 702, cj. 32
04532-002 — São Paulo — SP
Telefone: (11) 3707-3500
www.companhiadasletras.com.br
www.blogdacompanhia.com.br
facebook.com/companhiadasletras
instagram.com/companhiadasletras
twitter.com/cialetras

A guerra é pai de tudo e rei de tudo.
Alguns mostra como deuses, outros como homens.
Alguns escraviza, e outros liberta.

UM

A primeira coisa que a parteira notou ao ajudar Michael K a sair de dentro da mãe para dentro do mundo foi que tinha lábio leporino. O lábio enrolado como pé de caramujo, a narina esquerda fendida. Escondeu a criança da mãe por um momento, enfiou o dedo no botãozinho de boca e ficou agradecida de ver que o palato estava inteiro.

Para a mãe, disse assim: "Devia ficar contente, eles dão sorte para a casa". Mas desde o começo Anna K não gostou da boca que não fechava e da carne viva e rosada exposta para ela. Estremeceu ao pensar no que havia crescido dentro dela aqueles meses todos. O bebê não conseguia mamar no peito e chorava de fome. Tentou a mamadeira. Quando viu que ele não conseguia mamar, deu leite com uma colher de chá, se impacientando quando ele tossiu, engasgou e chorou.

"Vai fechar quando crescer", prometeu a parteira. Porém, o lábio não fechou, pelo menos não o bastante, e o nariz também não corrigiu.

Levava o bebê com ela para o trabalho e continuou levando

quando não era mais bebê. Como ficava magoada com os sorrisos e cochichos, manteve o menino afastado de outras crianças. Ano após ano, Michael K ficou sentado em cima de um cobertor vendo a mãe limpar o chão dos outros, aprendendo a ficar quieto.

Por causa da deformação, e porque não era rápido de cabeça, Michael foi tirado da escola depois de uma breve tentativa, e entregue à proteção do Huis Norenius, em Faure, onde, às custas do Estado, passou o resto da infância na companhia de outras crianças infelizes com afecções diversas, aprendendo os primeiros passos de ler, escrever, contar, varrer, esfregar, arrumar camas, lavar pratos, fazer cestos, mexer com madeira e cavar. Aos quinze anos, saiu do Huis Norenius e passou a fazer parte da Divisão de Parques e Jardins do serviço municipal da Cidade do Cabo, como Jardineiro, grau 3 (b). Três anos depois, deixou a Parques e Jardins e, após um breve período de desemprego que passou deitado na cama olhando as próprias mãos, arrumou um trabalho de atendente noturno nos lavatórios públicos de Greenmarket Square. A caminho de casa depois de trabalhar até tarde da noite uma sexta-feira, foi encurralado por dois homens que bateram nele, levaram seu relógio, seu dinheiro e seus sapatos, e o deixaram caído, tonto, com um corte no braço, um polegar destroncado e duas costelas fraturadas. Depois desse incidente, deixou de trabalhar de noite e voltou para a Parques e Jardins, onde progrediu aos poucos, até ser Jardineiro, grau 1.

Por causa da sua cara, K não tinha amigas mulheres. Ficava melhor quando estava sozinho. Ambos os empregos haviam lhe dado uma certa medida de solidão, embora nos lavatórios se sentisse oprimido pela luz brilhante de néon que refletia nos ladrilhos brancos e criava um espaço sem sombras. Seus parques preferidos eram os que tinham pinheiros altos e caminhos de agapantos sombreados. Às vezes, aos sábados, não escutava a explosão do canhão do meio-dia e continuava trabalhando sozinho a tarde inteira. Nas manhãs de domingo, dormia até tarde; nas tardes de domingo, visitava a mãe.

No final de uma manhã de junho, no trigésimo primeiro ano de sua vida, chegou um recado para Michael K enquanto estava rastelando folhas no De Waal Park. O recado, de terceira mão, era de sua mãe: ela havia recebido alta do hospital e queria que fosse buscá-la. K guardou as ferramentas e foi de ônibus até o Hospital Somerset, onde encontrou a mãe sentada em um banco num retalho de sol do lado de fora da porta de entrada. Estava inteiramente vestida, mas sem sapato. Quando viu o filho, ela começou a chorar, cobrindo os olhos com a mão para os outros pacientes e visitantes não verem.

Durante meses, Anna K sofreu de um forte inchaço nas pernas e braços; depois sua barriga começou a inchar também. Tinha dado entrada no hospital sem conseguir andar e mal podendo respirar. Passara cinco dias deitada num corredor, no meio de uma porção de vítimas de esfaqueamento, surras e tiros, que a mantinham acordada com seus gritos, negligenciada pelas enfermeiras que não tinham tempo de dar atenção a uma velha quando havia rapazes morrendo mortes espetaculares à volta toda. Reanimada com oxigênio ao chegar, foi tratada com injeções e comprimidos que diminuíram o inchaço. Quando queria uma comadre, porém, raramente havia alguém para trazer. Ela não tinha roupão. Uma vez, tateando as paredes a caminho do banheiro, foi abordada por um velho de pijama cinzento que lhe falou umas sujeiras e se exibiu para ela. As necessidades do corpo passaram a ser uma fonte de tormento. Quando a enfermeira perguntava se havia tomado os comprimidos, ela dizia que sim, mas quase sempre estava mentindo. Então, embora a falta de ar tivesse melhorado, as pernas começaram a coçar tanto que precisava deitar em cima das mãos para controlar a vontade de se arranhar. No terceiro dia, estava implorando para ir para casa, só que, claro, não implorou para a pessoa certa. As lágrimas que chorou no sexto dia foram, portanto, em grande parte, lágrimas de alívio, por estar saindo do purgatório.

No balcão, Michael K pediu uma cadeira de rodas, que recusaram. Carregando a bolsa e os sapatos dela, apoiou a mãe ao longo dos cinquenta passos que levavam até o ponto de ônibus. Havia uma longa fila. A tabela de horário pregada no poste prometia um ônibus a cada quinze minutos. Esperaram uma hora, enquanto as sombras iam ficando mais compridas e o vento mais frio. Incapaz de ficar em pé, Anna K sentou-se no chão encostada a uma parede, com as pernas esticadas para a frente, como uma mendiga, enquanto Michael guardava o lugar deles na fila. Quando o ônibus chegou, não havia lugar para sentar. Michael segurou no cano e abraçou a mãe para impedir que ela sacudisse. Passava das cinco horas quando chegaram ao quarto dela em Sea Point.

Durante oito anos, Anna K fora empregada doméstica de um fabricante de meias aposentado e sua mulher, que moravam em um apartamento de cinco cômodos em Sea Point, com vista para o oceano Atlântico. Pelos termos do contrato, ela entrava às nove da manhã e ficava até as oito da noite, com um intervalo de três horas à tarde. Trabalhava alternadamente cinco e seis dias na semana. Tinha uma folga paga a cada quinze dias e um quarto próprio no prédio. O salário era justo, os patrões gente razoável, andava difícil arrumar emprego, e Anna K não estava descontente. Um ano atrás, porém, tinha começado a sentir tontura e um aperto no peito quando se abaixava. Então manifestou-se a hidropisia. Os Buhrmann a mantiveram no emprego para fazer a comida, cortaram um terço do seu salário, e contrataram uma mulher mais moça para fazer o serviço da casa. Permitiram que continuasse no quarto, cujo usufruto estava assegurado aos

Buhrmann. A hidropisia piorou. Durante semanas, antes de ir para o hospital, ficou de cama, sem poder trabalhar. Vivia com medo de que os Buhrmann cessassem com a caridade.

Seu quarto debaixo da escada do Côte d'Azur era destinado ao equipamento de ar-condicionado, que nunca instalaram. Na porta havia uma placa: uma caveira e dois ossos cruzados, pintados em vermelho, e embaixo a legenda PERIGO — DANGER — GEVAAR — INGOZI. Não havia luz elétrica, nem ventilação; o ar era sempre mofado. Michael abriu a porta para a mãe, acendeu uma vela e saiu enquanto ela se preparava para deitar. Passou ao lado dela essa noite, a primeira do seu retorno, e todas as noites da semana seguinte; esquentava sopa para ela no fogão a querosene, cuidava de seu conforto na medida do possível, fazia o que era preciso, e a consolava acariciando-lhe os braços quando tinha os seus ataques de choro. Uma noite, os ônibus de Sea Point não saíram às ruas e teve de passar a noite no quarto dela, dormindo em cima do capacho, com o casaco do corpo. No meio da noite, acordou gelado até os ossos. Sem poder dormir, sem poder sair, por causa do toque de recolher, ficou sentado na cadeira, tremendo, até de manhã, enquanto a mãe grunhia e roncava.

Michael K não gostava da intimidade física a que os dois eram forçados naquele quartinho minúsculo. Achava perturbador ver as pernas inchadas da mãe e desviava os olhos quando a ajudava a sair da cama. Suas coxas e braços estavam cobertos de marcas de arranhões (durante algum tempo ela chegou a usar luvas durante a noite). Mas não deixava de cumprir nada do que considerava seu dever. O problema que tanto o preocupava anos antes, no galpão das bicicletas do Huis Norenius, o porquê de ter sido trazido ao mundo, recebera sua resposta: tinha vindo ao mundo para cuidar da mãe.

Nada do que o filho dizia conseguia acalmar o medo que

Anna K sentia do que podia acontecer se perdesse o quarto. As noites passadas entre os moribundos do corredor do Hospital Somerset lhe revelaram o quanto o mundo podia ser indiferente a uma velha que tinha uma doença feia em tempo de guerra. Incapaz de trabalhar, viu-se poupada da sarjeta apenas pela nada garantida boa vontade dos Buhrmann, pela atenção de um filho tacanho e, em último caso, pelas economias que guardava em uma bolsa dentro de uma mala debaixo da cama, o dinheiro novo em uma bolsa, o dinheiro velho, agora sem valor, que ela tinha sido desconfiada demais para trocar, em uma outra.

Quando Michael chegou uma noite falando de dispensa temporária na Parques e Jardins, ela começou a revirar na cabeça uma coisa que até então só havia sonhado: o projeto de sair de uma cidade que lhe prometia tão pouco e voltar para a tranquilidade do campo de sua meninice.

Anna K nascera em uma fazenda no distrito de Prince Albert. Seu pai não era equilibrado; havia um problema de bebida; durante os primeiros anos, ela mudou de fazenda em fazenda. A mãe lavava para fora e trabalhou em diversas cozinhas; Anna ajudava. Depois, mudaram-se para a cidade de Oudtshoorn, onde, durante algum tempo, Anna foi à escola. Depois que nasceu seu primeiro filho, foi para a Cidade do Cabo. Houve um segundo filho, de outro pai, depois um terceiro, que morreu, depois veio Michael. Na lembrança de Anna, os anos antes de Oudtshoorn eram os mais felizes da sua vida, uma época de calor e plenitude. Lembrava-se de ficar sentada na poeira do galinheiro, enquanto as galinhas cacarejavam e ciscavam; lembrava-se de procurar ovos debaixo dos arbustos. Deitada na cama de seu quarto sem ar, nas tardes chuvosas, com a chuva pingando dos degraus lá de fora, ela sonhava em escapar da violência anônima, dos ônibus lotados, das filas de comida, dos balconistas arrogantes, dos ladrões e mendigos, das sirenes nas noites, do toque de recolher, do frio e da umidade, e voltar para um campo onde, se fosse morrer, poderia ao menos morrer debaixo de um céu azul.

No plano que delineou para Michael não falou nada de morrer. Propôs que ele saísse da Parques e Jardins antes que fosse dispensado e seguisse com ela, de trem, até Prince Albert, onde ela alugaria um quarto enquanto ele procuraria trabalho numa fazenda. Se as acomodações dele fossem suficientemente grandes, podia ficar junto com ele e cuidar da casa; se não, ele podia ir visitá-la nos fins de semana. Para provar que estava falando sério, fez com que ele tirasse a mala de debaixo da cama, e diante dos seus olhos contou o conteúdo da bolsa de notas novas, as quais, disse, estava guardando para essa finalidade.

Esperava que Michael fosse lhe perguntar como achava que uma pequena cidade do campo iria receber em seu seio dois estranhos, sendo um deles uma velha com saúde fraca. Estava até preparada para responder. Mas nem por um momento Michael duvidou dela. Assim como, ao longo dos anos que passou no Huis Norenius, acreditara que a mãe o havia deixado ali por uma razão que, mesmo obscura de início, iria acabar se esclarecendo, agora aceitava sem questionar a sabedoria dos planos dela. Em vez das notas espalhadas na colcha, ele viu, dentro da sua cabeça, uma casinha caiada na vastidão da estepe, com a fumaça subindo da chaminé, e, parada na porta, sua mãe, sorrindo, boa, pronta para recebê-lo de volta à casa ao fim do longo dia.

Michael não compareceu ao trabalho no dia seguinte. Com o dinheiro da mãe guardado em dois maços dentro das meias, foi até a estação de trens, ao balcão de passagens da linha principal. Lá, o atendente informou que gostaria muito de lhe vender duas passagens para Prince Albert ou para o ponto mais próximo disso na linha ("Prince Albert ou Prince Alfred?", perguntou), mas que K não deveria nem pensar que iria conseguir embarcar no trem sem uma reserva de lugar e um passe para deixar a área policial da Península do Cabo. A reserva mais próxima que podia fornecer era para 18 de agosto, dentro de dois meses; quanto ao passe, só podia ser obtido na polícia. K implorou uma data mais próxima, mas foi em vão: o estado de saúde de sua mãe não constituía caso especial, disse o atendente; ao contrário, aconselhava a não falar nada do estado dela.

Da estação, K foi para Caledon Square e ficou duas horas numa fila, atrás de uma mulher com um bebê que choramingava. Deram-lhe dois jogos de formulários, um jogo para sua mãe, um para ele. "Anexe as passagens de trem no formulário azul e leve para a sala E-5", disse a policial do balcão.

Quando chovia, Anna K colocava uma toalha velha na fresta debaixo da porta para a água não entrar. O quarto tinha cheiro de desinfetante e talco. "Me sinto feito uma rã debaixo de uma pedra morando aqui", ela sussurrou. "Mal posso esperar até agosto." Cobriu o rosto e ficou deitada em silêncio. Depois de algum tempo, K percebeu que não conseguia respirar. Foi até o armazém da esquina. Não tinha pão. "Nem pão, nem leite", disse o vendedor, "volte amanhã." Comprou bolachas e leite condensado, e ficou debaixo do toldo, vendo a chuva cair. No dia seguinte, levou os formulários para a sala E-5. Os passes seriam enviados a seu tempo, disseram-lhe, depois que o pedido fosse examinado e aprovado pela polícia de Prince Albert.

Voltou para o De Waal Park e disseram-lhe, como ele esperava, que acertariam as contas no final do mês. "Não tem importância", disse para o contramestre, "nós vamos embora mesmo, eu e a minha mãe." Lembrou-se das visitas da mãe ao Huis Norenius. Às vezes, ela levava marshmallows, às vezes bolacha de chocolate. Os dois passeavam juntos na quadra de jogos, depois iam tomar chá no salão. Nos dias de visita, os meninos usavam a melhor roupa cáqui e sandálias marrons. Alguns meninos não tinham pais, ou tinham sido esquecidos. "Meu pai morreu, minha mãe está trabalhando", ele dizia a respeito de si mesmo.

Fez um ninho de travesseiros e cobertores em um canto do quarto e passava as noites sentado no escuro ouvindo a mãe respirar. Ela dormia cada vez mais. Às vezes, ele também adormecia sentado ali, e perdia o ônibus. Acordava de manhã com dor de cabeça. Durante o dia, vagava pelas ruas. Tudo suspenso enquanto esperavam pelos passes, que não vieram.

Um domingo de manhã, cedo, foi visitar o De Waal Park e quebrou o cadeado do barracão onde o jardineiro guardava o equipamento. Pegou ferramentas e um carrinho de mão, que empurrou até Sea Point. Trabalhando na viela atrás do prédio, desmontou um velho caixote e construiu um chassi de sessenta centímetros quadrados, com uma proteção na parte de trás, e o amarrou no carrinho de mão com arame. Depois, tentou convencer a mãe a sair para um passeio. "O ar vai fazer bem para a senhora", disse. "Ninguém vai ver, já passa das cinco, o passeio da praia está vazio." "Podem ver dos apartamentos", ela replicou. "Não quero virar espetáculo." No dia seguinte, ela cedeu. Usando seu chapéu, casaco e chinelos, saiu arrastando os pés para o fim de tarde cinzento e permitiu que Michael a acomodasse no carrinho. Atravessou com ela a Beach Road e passearam pela calçada em frente à praia. Não havia ninguém por perto, a não ser um casal de velhos caminhando com o cachorro. Anna K segurava com força a beira do chassi, respirando o ar frio do mar, enquanto o filho a empurrava uns cem metros, parava para que ela olhasse as ondas quebrando nas pedras, rodava mais uns cem metros, parava de novo, depois rodava de volta. Ele ficou desconcertado ao descobrir como ela era pesada e como o carrinho era instável. Houve um momento em que o carrinho virou e quase a derrubou. "Faz bem colocar ar fresco para dentro do pulmão", ele disse. Na tarde seguinte estava chovendo e ficaram em casa.

Ele pensou em construir um carro com uma caixa acoplada, com um par de rodas de bicicleta, mas não sabia onde encontrar um eixo.

Então, num fim de tarde da última semana de junho, um jipe militar que descia a Beach Road em alta velocidade atropelou um rapaz que estava atravessando a rua e jogou-o entre os veículos estacionados no meio-fio. O próprio jipe deu uma guinada e foi parar no gramado crescido na frente do Côte d'Azur, onde seus dois ocupantes enfrentaram a fúria dos companheiros do rapaz. Houve uma briga e logo juntou-se uma multidão. Carros estacionados foram depredados e trazidos para o meio da rua. Soaram as sirenes do toque de recolher e todo mundo ignorou. Uma ambulância que chegou escoltada por motocicletas fez meia-volta na barreira e foi embora depressa, debaixo de uma chuva de pedras. Depois, de uma sacada do apartamento do quarto andar, um homem começou a dar tiros de revólver. Em meio a gritos, a multidão correu para se esconder, espalhando-se pelos prédios da praia, correndo por corredores, batendo em portas, quebrando janelas e luzes. O homem com o revólver foi arrancado do seu esconderijo, chutado até perder os sentidos e jogado na calçada. Alguns moradores dos apartamentos preferiram se esconder no escuro atrás das portas trancadas, outros fugiram para as ruas. Uma mulher, encurralada no fim de um corredor, teve as roupas arrancadas do corpo; alguém escorregou numa escada de incêndio e quebrou o tornozelo. Portas foram postas abaixo e apartamentos saqueados. No apartamento imediatamente acima do quarto de Anna K, os saqueadores arrancaram as cortinas, empilharam roupas no chão, quebraram a mobília, e acenderam um fogo que, embora não tenha se espalhado, soltou densas nuvens de fumaça. Nos gramados da frente do Côte d'Azur, do Côte d'Or e do Copacabana, uma multidão que crescia constantemente, alguns com pilhas de bens roubados a seus pés, atirou pedras dos jardins nas grandes vidraças de frente para o mar até não sobrar nenhuma intacta.

Piscando a luz azul, uma perua da polícia subiu no passeio a uns cinquenta metros. Houve um disparo de metralhadora e tiros de resposta de trás da barricada de carros. A perua voltou precipitadamente, enquanto entre gritos e tiros a multidão se retirava Beach Road abaixo. Passaram-se mais uns vinte minutos e já tinha escurecido quando a polícia e os tumultuosos voltaram com tudo. Andar por andar, foram ocupando os prédios afetados, sem encontrar resistência do inimigo, que havia fugido pelas vielas dos fundos. Uma saqueadora que não conseguiu correr o bastante morreu com um tiro. De todas as ruas em volta, a polícia recolheu bens abandonados, os quais foram empilhados nos gramados. Ali, tarde da noite, as pessoas dos apartamentos procuravam à luz de lanterna recuperar o que era seu. À meia-noite, quando estavam para declarar a operação encerrada, encontraram encolhido em um canto escuro do quarteirão abaixo um tumultuoso com uma bala no pulmão e o levaram embora. Destacaram guardas para a noite e a força principal se retirou. Nas primeiras horas da manhã, soprou um vento e começou a cair uma chuva pesada, que entrou pelas janelas quebradas do Côte d'Azur, do Côte d'Or, do Copacabana, e também do Egremont e do Malibu Heights, que até então ofereciam vista privilegiada e protegida para as rotas marítimas Leste-Oeste em torno do cabo da Boa Esperança, e açoitou as cortinas, encharcou os tapetes e, em alguns casos, inundou os andares.

Ao longo de todos esses acontecimentos, Anna K e seu filho ficaram encolhidos, quietos como camundongos, no quarto dela debaixo da escada, sem se mexer nem quando sentiram cheiro de fumaça, nem quando botas pesadas passaram pisando duro e uma mão sacudiu a porta trancada. Não tinham como adivinhar que o tumulto, os gritos, os tiros e o barulho de vidro quebrado se limitavam a uns poucos quarteirões vizinhos: sentados lado a lado na cama, mal ousando sussurrar, crescia neles a convicção de que a guerra de verdade havia chegado a Sea Point e encontrado os dois. Até muito depois da meia-noite, quando sua mãe finalmente adormeceu, Michael ficou sentado com as orelhas em pé, olhando fixamente a faixa de luz cinzenta debaixo da porta, respirando bem baixinho. Quando sua mãe começou a roncar, ele a agarrou pelo ombro para que parasse.

Assim, sentado com as costas apoiadas na parede, ele por fim dormiu. Quando despertou, a luz debaixo da porta estava mais forte. Destrancou a porta e rastejou para fora. O corredor estava juncado de vidro. Na entrada do prédio, dois soldados de capacete sentados em cadeiras de praia, de costas para ele, olhavam a chuva e o mar cinzento. K deslizou de volta para o quarto da mãe e foi dormir no capacho.

Mais tarde, quando os moradores do Côte d'Azur começaram a voltar para limpar a bagunça, para empacotar suas coisas ou simplesmente olhar o estrago e chorar, e quando a chuva parou de cair, K fez uma excursão a Oliphant Road, em Green Point, até a Missão de São José, onde antigamente sempre havia uma caneca de sopa e uma cama para passar a noite, sem perguntas, e onde esperava abrigar sua mãe por um tempo, longe do prédio devastado. Mas a imagem de gesso de São José com sua barba e seu cajado havia desaparecido, a placa de bronze havia sido removida do batente do portão, as janelas estavam fechadas. Bateu na porta vizinha e ouviu uma tábua do chão ranger, mas ninguém apareceu.

Quando atravessava a cidade a caminho do trabalho, K cruzava todo dia com o exército de desabrigados e desamparados que nos últimos anos haviam tomado conta das ruas do distrito central, mendigando, roubando, esperando nas filas das entidades assistenciais ou simplesmente sentados nos corredores dos edifícios públicos para se manter aquecidos, buscando abrigo para a noite nos armazéns dilapidados das docas ou em prédios e prédios em ruínas acima da Bree Street, onde a polícia nunca se aventura a pisar. Durante o ano, antes de as autoridades finalmente terem imposto controle ao deslocamento pessoal, a Grande Cidade do Cabo tinha sido inundada por gente vinda do campo em busca de trabalho de qualquer tipo. Não se encontrava trabalho, nem acomodações. Se caíssem naquele mar de bocas famintas, K pensou, que chance teriam, ele e a mãe? Quanto tempo poderia empurrá-la pelas ruas num carrinho de mão, mendigando comida? Vagou sem rumo o dia inteiro, e voltou para o quarto mergulhado em escuridão. Para o jantar, preparou sopa, torradas e sardinhas em lata, protegendo o fogão atrás de um cobertor para que a luz não chamasse atenção.

A esperança dos dois estava nos passes que lhes permitiriam sair da cidade. Mas a caixa de correio dos Buhrmann, para onde a polícia enviaria os passes, se é que estava disposta a fornecê-los, estava trancada; e depois da noite do tumulto, os próprios Buhrmann, em estado de choque, haviam sido levados embora por amigos, sem avisar quando estariam de volta. Então, Anna K mandou o filho subir ao apartamento para pegar a chave da caixa de correio.

K nunca tinha entrado ali. O lugar estava um caos. Numa poça de água que os ventos fortes fizeram entrar pela janela havia mobília quebrada, colchões estripados, cacos de vidro e de louça, vasos de plantas secas, lençóis e tapetes sujos. Uma pasta de farinha, cereal de café da manhã, açúcar, cocô de gato e terra grudou nas solas de seus sapatos. Na cozinha, a geladeira estava caída de frente, o motor ainda funcionando, uma espuma amarela vazando pelas dobradiças para os dois dedos de água que cobriam o chão de ladrilhos. Fileiras de vidros tinham sido derrubadas das prateleiras; havia um fedor de bebida. Na parede branca brilhante, alguém havia escrito com limpador de forno: PRO ENFERNO.

Michael convenceu a mãe a subir e ver a destruição por si mesma. Ela não subia fazia dois meses. Ficou parada na porta da sala, em cima de uma tábua de pão, com lágrimas nos olhos. "Por que fizeram isso?", sussurrou. Não quis entrar na cozinha. "Gente tão boa!", disse. "Não sei como vão fazer agora!" Michael ajudou-a a voltar para o quarto. Ela não sossegou, perguntando insistentemente onde os Buhrmann estariam, quem iria limpar aquilo, quando eles voltariam.

Deixando a mãe, Michael voltou para o apartamento devastado. Endireitou a geladeira, tirou tudo de dentro, varreu o vidro quebrado para um canto, enxugou parte da água. Encheu meia dúzia de sacos de lixo e empilhou na porta de entrada. A comida que ainda estava comestível, ele separou. Não tentou limpar a sala, mas prendeu as cortinas o melhor que pôde nos vazios das janelas. Faço o que faço, disse para si mesmo, não pelos velhos, mas pela minha mãe.

Estava claro que enquanto as janelas não fossem consertadas e o carpete, que já começava a cheirar, fosse retirado, os Buhrmann não poderiam morar ali. Mesmo assim, a ideia de se apossar do apartamento não lhe ocorreu até ver o banheiro pela primeira vez.

"Só uma ou duas noites", insistiu com a mãe, "para a senhora poder dormir aqui sozinha. Até a gente saber o que vai fazer. Eu empurro o divã para o banheiro. De manhã, coloco tudo de volta no lugar. Prometo. Eles não vão saber nunca."

Arrumou o divã no banheiro com camadas de lençóis e toalhas de mesa. Prendeu papelões na janela e acendeu a luz. Havia água quente: tomou um banho. De manhã, apagou suas marcas. O carteiro chegou. Não havia nada para a caixa dos Buhrmann. Estava chovendo. Ele saiu e sentou no ponto de ônibus, vendo a chuva cair. No meio da tarde, quando ficou claro que os Buhrmann não vinham, voltou para o apartamento.

Choveu dia após dia. Nenhuma notícia dos Buhrmann. K puxou o grosso da água parada para a sacada e desentupiu os ralos bloqueados. Embora o vento soprasse no apartamento, o fedor de mofo piorou. Limpou o chão da cozinha e levou os sacos de lixo para baixo.

Começou a passar não só as noites, mas também os dias no apartamento. Num armário da cozinha, descobriu pilhas de revistas. Deitava na cama, ou na banheira, folheando fotos de lindas mulheres e comidas deliciosas. A comida o absorvia mais. Mostrou para a mãe uma foto de um pedaço de carne de porco guarnecido com cerejas e rodelas de abacaxi, arrumado ao lado de uma tigela de framboesas com creme e uma torta de groselha. "As pessoas não comem mais assim", disse a mãe. Ele não concordava. "Os abacaxis não sabem que tem uma guerra acontecendo. A comida continua crescendo. Alguém tem que comer."

Voltou à hospedaria onde morava e pagou o aluguel atrasado. "Saí do meu emprego", disse ao encarregado. "Eu e a minha mãe vamos para o campo para fugir dessas coisas. Só estamos esperando os passes." Pegou sua bicicleta e sua mala. Parou em um depósito de ferro-velho e comprou uma barra de aço de um metro de comprimento. O carrinho de mão com o assento de madeira estava no lugar onde ele o havia abandonado na viela atrás do prédio; voltou ao projeto de usar as rodas de sua bicicleta para fazer um carro e levar a mãe para passear. Mas embora as rodas coubessem direitinho no novo eixo, não tinha como impedir que elas rodassem para fora. Durante horas batalhou para fazer grampos com arame. Acabou desistindo. Vou ter uma ideia, disse a si mesmo, e deixou a bicicleta desmontada no chão da cozinha dos Buhrmann.

No meio do entulho da sala havia um rádio transistor. O ponteiro estava preso no fim do mostrador, as pilhas estavam fracas, e ele logo desistiu de brincar com aquilo. Explorando as gavetas da cozinha, porém, encontrou uma extensão que permitia ligar o rádio na corrente elétrica, de modo que agora podia ficar deitado no banheiro, no escuro, ouvindo música da outra sala. Às vezes, a música ajudava-o a dormir. Acordava de manhã com a música ainda tocando; ou havia um discurso vibrante em uma língua da qual não entendia nem uma palavra, da qual pescava uns nomes de lugares distantes: Wakkerstroom, Pietersburg, King William's Town. Às vezes, se pegava cantando junto, desafinado.

Esgotou as revistas e começou a folhear os jornais que estavam debaixo da pia da cozinha, tão velhos que não lembrava dos acontecimentos de que falavam, embora reconhecesse alguns jogadores de futebol. CAPTURADO O MATADOR DE KHAMIESKROON, dizia a manchete de um deles, por cima da foto de um homem algemado com a camisa branca rasgada, parado entre dois policiais rígidos. Embora as algemas puxassem os ombros dele para a frente e para baixo, o matador de Khamieskroon olhava para a câmera com algo que K achou ser um sorriso de calada conquista. Abaixo, havia uma segunda foto: um rifle com correia fotografado contra um fundo neutro e legendada como "A arma do crime". K prendeu a página com a história na porta da geladeira; nos dias seguintes, sempre que levantava os olhos de seu trabalho intermitente com as rodas, encontrava os olhos do homem de Khamieskroon, onde quer que isso fosse.

Sem nada para fazer, tentou secar os livros encharcados dos Buhrmann pendurando-os num cordão esticado na sala, mas o processo era demorado demais e ele perdeu o interesse. Nunca havia gostado de livros, e não encontrava nada que o interessasse naquelas histórias de militares e mulheres com nomes como Lavínia, embora tivesse passado algum tempo desgrudando as páginas de livros de figuras sobre as Ilhas Jônicas, a Espanha mourisca, Finlândia, a terra dos Lagos, Bali e outros lugares do mundo.

Então, uma manhã, Michael K acordou de repente com o raspar da tranca da porta e se viu diante de quatro homens de macacão que passaram por ele sem dizer uma palavra e começaram a remover o conteúdo do apartamento. Tirou depressa do caminho deles as peças de sua bicicleta. A mãe saiu arrastando os pés, vestida em sua roupa de casa e parou um dos homens na escada. "Onde está o patrão? Onde está o sr. Buhrmann?", perguntou. O homem deu de ombros. K saiu à rua e falou com o motorista da perua. "O senhor foi mandado pelo sr. Buhrmann?", perguntou. "O que é que você acha, cara?", disse o motorista.

Michael ajudou a mãe a voltar para a cama. "O que eu não entendo", disse ela, "é por que não me disseram nada. O que eu faço se alguém bate na porta e diz para eu ir embora, que quer o quarto para a doméstica? Para onde eu vou?" Durante um longo tempo, ficou sentado ao lado dela, acariciando seu braço, ouvindo seu lamento. Depois, levou as duas rodas de bicicleta, a haste de aço e suas ferramentas para a viela e ficou sentado em um retalho de sol confrontando-se de novo com o problema de como impedir que as rodas escapassem para fora do eixo. Trabalhou a tarde inteira. De noite, usando uma serra de arco, com grande dificuldade, havia conseguido fazer uma rosca em cada extremidade da barra, onde podia rosquear arruelas de dois centímetros. Com as rodas montadas na barra entre as arruelas, era só questão de prender volta após volta de arame em torno da barra para impedir que as arruelas roçassem nas rodas, e o problema parecia resolvido. Mal comeu ou dormiu aquela noite, tão impaciente estava para continuar o trabalho. De manhã, desmontou o assento de madeira velho do carrinho de mão e reconstruiu na forma de uma caixa estreita de três lados, com dois cabos compridos, que prendeu no lugar, em cima do eixo. Tinha agora um riquixá atarracado que, embora dificilmente sólido, poderia aguentar o peso de sua mãe. Nessa mesma noite, quando o vento frio do noroeste empurrou todo mundo para dentro de casa, com exceção dos mais resistentes frequentadores do passeio, ele pôde de novo levar sua mãe, enrolada num casaco e num cobertor, para um passeio pela praia que trouxe um sorriso aos lábios dela.

Agora era a hora. Assim que voltaram para o quarto, botou para fora o plano que estava elaborando desde que construíra o primeiro carro. Estavam perdendo tempo esperando os passes, disse. Os passes não iam chegar nunca. E sem os passes não poderiam ir de trem. Qualquer dia desses, iam ser expulsos do quarto. Será, então, que ela não permitiria que ele a levasse até Prince Albert no carro? Tinha visto por si mesma como era confortável. O clima úmido não era bom para ela, nem aquela interminável preocupação com o futuro. Uma vez instalada em Prince Albert, ia depressa recuperar a saúde. Levariam no máximo um ou dois dias na estrada. As pessoas eram legais, iam parar e dar carona para eles.

Durante horas, discutiu com ela, surpreendendo-se com a própria habilidade nos argumentos. Como ele achava que ela poderia dormir ao ar livre em pleno inverno?, protestou a mãe. Com sorte, ele respondeu, podiam chegar a Prince Albert até em um dia. Afinal de contas, ficava a apenas cinco horas de carro. Mas o que acontece se chover?, ela perguntou. Podiam pôr um toldo no carro, ele respondeu. E se a polícia parasse os dois? Decerto a polícia tinha mais o que fazer, ele respondeu, do que parar dois inocentes que não querem mais que uma chance de sair de uma cidade superlotada. "Por que a polícia haveria de querer que a gente passe as noites escondido na escada dos outros, mendigando na rua, só servindo para atrapalhar?" Ele foi tão persuasivo que Anna K finalmente cedeu, só que com duas condições: que ele fizesse uma última visita à polícia para ver se os passes não tinham saído, e que ela pudesse se aprontar para a viagem sem pressa. Michael aceitou alegremente.

Na manhã seguinte, em vez de esperar um ônibus que podia não passar nunca, foi a pé de Sea Point até a cidade pela rua principal, sentindo prazer com a saúde de seu coração, com a força dos seus membros. Já havia uma porção de gente fazendo fila debaixo da placa que dizia HERVESTIGING — RELOCATION — REALOCAÇÃO. Uma hora depois ele se viu no balcão diante de uma policial de olhos cautelosos.

Estendeu as duas passagens de trem. "Só quero saber se os passes já vieram."

Ela empurrou para ele os formulários já conhecidos. "Preencha os formulários e leve para a E-5. Tenha à mão as passagens e as reservas." Olhou por cima do ombro de K, para o homem atrás dele. "Pois não?"

"Não", disse K, lutando para prender sua atenção. "Eu já pedi o passe. Só quero saber é se o passe já chegou."

"Antes de receber o passe, tem de ter a reserva! Já tem reserva? Para quando é?"

"Dezoito de agosto. Mas a minha mãe..."

"Ainda falta um mês para 18 de agosto! Se o senhor pediu um passe e o passe for concedido, o passe vem e será mandado para o seu endereço! Próximo!"

"Mas é isso que eu quero saber! Porque se o passe não vier eu tenho de fazer outros planos. Minha mãe está doente..."

A policial deu um tapa no balcão para interrompê-lo. "Não me faça perder tempo. Vou dizer pela última vez, *se derem o passe, o passe chega!* Não está vendo essa gente toda esperando? Não está entendendo? É idiota, ou o quê? *Próximo!*" Ela debruçou-se no balcão e olhou com intensidade por cima do ombro de K. "*É, você, o próximo!*"

Mas K não se mexeu. Estava respirando depressa, os olhos arregalados. Relutante, a policial voltou-se de novo para ele, para o bigode fino, para a carne nua do lábio que o bigode não escondia. "*Próximo!*", disse ela.

No dia seguinte, uma hora antes do amanhecer, K acordou a mãe e, enquanto ela se vestia, carregou o carro, acolchoando a caixa com cobertores e travesseiros, amarrando a mala no eixo. O carro tinha agora uma cobertura de plástico preto que fazia com que ficasse parecendo um carrinho de bebê grande. Quando a mãe viu aquilo, parou e meneou a cabeça. "Não sei, não sei, não sei", disse. Ele teve de convencê-la a subir; levou um longo tempo. Realmente, o carro não era suficientemente grande, ele percebeu: aguentava o seu peso, mas ela tinha de ficar curvada debaixo da capota, sem poder mexer os membros. Estendeu um cobertor sobre suas pernas, e por cima colocou o pacote de comida, o fogão a querosene e uma garrafa de combustível embrulhada em uma caixa, uma ou outra peça de roupa. Uma luz piscou no prédio vizinho. Dava para ouvir as ondas quebrando nas pedras. "É só um dia ou dois", ele sussurrou, "e chegamos lá. Não se mexa demais de um lado para outro, se der." Ela concordou com a cabeça, e continuou escondendo o rosto nas luvas de lã. Curvou-se para ela. "Quer ficar, mãe?", disse. "Se quiser ficar, a gente fica." Ela sacudiu a cabeça. Então, ele pôs o gorro, levantou as hastes e rodou o carrinho pela rua enevoada.

Tomou a rota mais curta, passando pela área devastada em torno dos velhos tanques de armazenamento de combustível onde a demolição dos edifícios queimados tinha acabado de começar, passando pelo quarteirão das docas e as ruínas escurecidas dos armazéns que no ano anterior haviam sido tomados pelos bandos de rua da cidade. Não foram detidos. Na verdade, poucas das pessoas com que cruzaram assim tão cedo chegaram a olhar para eles. Veículos de todos os tipos, um mais estranho que o outro, estavam saindo para as ruas: carrinhos de supermercado com guidão acoplado; triciclos com caixas por cima do eixo traseiro; cestos montados sobre rodas; caixotes com rodízios; carrinhos de mão de todos os tamanhos. Um burro custava oitenta rands no dinheiro novo, um carro com rodas de pneu, mais de cem.

K manteve um ritmo constante, parando a cada meia hora para esfregar as mãos frias e flexionar os ombros doloridos. No momento em que acomodou a mãe no carro em Sea Point, deu-se conta de que, com toda a bagagem instalada na frente, o eixo estava fora de centro, muito para trás. Agora, quanto mais a mãe escorregava na caixa, tentando se acomodar, maior o peso morto que ele tinha de levantar. Mantinha-se sorridente para esconder o esforço que estava fazendo. "Assim que a gente chegar na estrada", disse, ofegante, "alguém vai parar para a gente."

Por volta do meio-dia, estavam passando pelo fantasmagórico bairro industrial de Paarden Eiland. Dois trabalhadores sentados em um muro, comendo seus sanduíches, observaram os dois passarem em silêncio. CRASH-FLASH, dizia o letreiro preto desbotado abaixo deles. K sentiu que os braços estavam formigando, mas fez um esforço durante quase um quilômetro mais. No ponto em que a estrada passava debaixo do Black River Parkway, ele ajudou a mãe a descer e acomodou-a na grama debaixo da ponte. Almoçaram. Ele estava surpreso com o vazio das estradas. A calma era tanta que dava para ouvir o canto dos pássaros. Deitou-se na grama alta e fechou os olhos.

Despertou com um zumbido no ar. Primeiro, achou que

era um trovão distante. O barulho, porém, foi ficando mais alto, batendo em ondas na base da ponte acima deles. Da direita, da direção da cidade, vinham lentamente duas duplas de motociclistas uniformizados, os rifles presos às costas por correias, e atrás deles um carro blindado com um atirador de pé na torrinha. Seguiu-se uma longa e misturada procissão de veículos pesados, a maioria caminhões vazios, sem carga. K subiu o barranco até sua mãe; lado a lado, ficaram sentados, observando sob um rugido forte que parecia deixar sólido o ar. O comboio levou minutos para passar. A retaguarda trouxe filas de automóveis, peruas e caminhões leves, seguidos de um caminhão do exército verde-oliva com cobertura de lona, debaixo da qual vislumbraram duas fileiras de soldados de capacete, e mais uma dupla de motociclistas.

Ao passar, um dos motociclistas da frente tinha lançado um olhar intenso para K e sua mãe. Agora, os dois motociclistas se apartaram do comboio. Um ficou esperando na beira da estrada, o outro subiu pelo barranco. Levantou o visor e dirigiu-se a eles: "Não é permitido parar na beira da estrada", disse. Olhou o carrinho. "Esse é o seu veículo?" K fez que sim com a cabeça. "Estão indo para onde?" K sussurrou, limpou a garganta e disse de novo: "Para Prince Albert. Para o Karoo". O motociclista assobiou, deu uma sacudida de leve no carro, disse alguma coisa para o companheiro. Olhou de novo para K. "Mais para a frente na estrada, logo depois da curva, tem um posto de controle. Você pare no posto de controle e mostre seu passe. Tem passe para sair da Península?"

"Tenho."

"Não pode viajar para fora da Península sem passe. Vá até o posto de controle e mostre para ele o passe e seus documentos. E escute o que eu digo: se quiser parar no caminho, se afaste cinquenta metros da beira da estrada. É o regulamento: cinquenta metros de cada lado. Se ficar mais próximo, pode levar um tiro, sem aviso, sem perguntas. Entendeu?"

K fez que sim com a cabeça. Os motociclistas remontaram e saíram roncando atrás do comboio. K não conseguia encarar a mãe. "A gente devia ter pegado uma estrada mais sossegada", disse.

Podia ter voltado imediatamente, mas, correndo o risco de uma segunda humilhação, ajudou a mãe a subir no carrinho e empurrou-a até os velhos hangares, onde havia de fato um jipe parado na beira da estrada e três soldados fazendo chá em um fogão de campanha. Seus argumentos foram inúteis. "Tem passe, sim ou não?", perguntou o cabo que estava no comando. "Não me interessa quem você é, quem é sua mãe, se não tem passe não pode sair desta área, acabou." K olhou para a mãe. Debaixo da capota preta, ela olhou sem expressão para o jovem soldado. O soldado abriu os braços. "Não me crie problema!", gritou. "Consiga o passe e eu deixo você seguir!" Ficou olhando enquanto K levantava as hastes e puxava o carro por baixo de um arco. Uma das rodas tinha começado a girar em falso.

A noite já tinha caído quando passaram pelo sinal luminoso que marcava o começo de Beach Road. Os cavaletes que bloqueavam a rua durante o ataque aos prédios de apartamentos haviam sido empurrados para os gramados. A chave ainda estava na porta debaixo da escada. O quarto estava como eles haviam deixado, bem varridinho para o próximo ocupante. Anna K deitou-se de casaco e chinelo em seu colchão nu; Michael trouxe os pertences deles. Uma pancada de chuva tinha encharcado os travesseiros. "Vamos tentar de novo dentro de um ou dois dias, mãe", ele sussurrou. Ela sacudiu a cabeça. "Mãe, o passe não vai sair!", ele disse. "Vamos tentar de novo, mas da próxima vez vamos pelas estradas menores. Eles não podem bloquear todas as estradas!" Sentou-se ao lado dela no colchão e ali ficou, a mão no braço dela, até ela dormir; ele então subiu para dormir no andar dos Buhrmann.

Dois dias depois, partiram de novo, saindo de Sea Point uma boa hora antes do amanhecer. O ânimo da primeira aventura tinha sumido. K agora sabia que talvez tivessem de passar muitas noites na estrada. Além disso, a mãe tinha perdido a vontade de viajar para lugares distantes. Reclamava de dor no peito e ficava sentada, dura e mal-humorada, na caixa, debaixo do avental plástico que K prendia nela para proteger da chuva mais forte. Num trote constante, com os pneus chiando no asfalto molhado, seguiram por outra rota pelo centro da cidade, ao longo da Sir Lowry Road e da Main Road suburbana, passaram por cima da ponte ferroviária Mowbray, e pelo que foi um dia o Hospital Infantil na velha Klipfontein Road. Ali, com apenas uma cerca caída entre eles e os barracos de papelão e ferro apinhados nos gramados do campo de golfe, fizeram sua primeira parada. Depois de comer, K ficou em pé do lado da estrada com a mãe agarrada nele, tentando parar os veículos que passavam. Havia pouco tráfego. Três caminhões leves passaram grudados um no outro, com tela de arame sobre os faróis e as janelas. Depois, veio uma bela carroça, os cavalos baios com cachos de guizos nos arreios, um bando de crianças em cima brincando e fazendo gestos para os dois. Depois de um longo intervalo, uma carreta parou, o motorista ofereceu-lhes uma carona até a fábrica de cimento, chegando a ajudar K a colocar na carroceria o carrinho de mão. Seguro e seco dentro da cabine, contando os quilômetros com o rabo dos olhos, K cutucou a mãe e recebeu o seu lindo sorriso como resposta.

A boa sorte desse dia acabou por aí. Durante uma hora ficaram esperando na frente da fábrica de cimento; mas embora houvesse um fluxo constante de pedestres e ciclistas, os únicos veículos a passar foram os caminhões do departamento de esgotos. O sol estava caindo, o vento começava a morder, quando K levou seu carro para a estrada e partiu de novo. Talvez, pensou, fosse melhor não depender dos outros. Depois da primeira viagem, tinha deslocado o eixo cinco centímetros para a frente; agora, depois que começava a rodar, o carro era leve como uma pluma. Trotando, ultrapassou um homem que empurrava um carrinho cheio de gravetos e fez uma saudação com a cabeça ao passar. Na pequena cabine escura, presa ereta entre as laterais altas, sua mãe ia sentada de olhos fechados, a cabeça pendendo para a frente.

Uma lua turva estava saindo das nuvens quando, a menos de um quilômetro de uma estrada importante, K parou, ajudou a mãe a descer e entrou no denso matagal para procurar um ponto de parada para a noite. Naquele meio-mundo de raízes esparsas, terra úmida e sutis aromas de decomposição, nenhum ponto parecia mais abrigado que outro. Voltou tremendo para a beira da estrada. "Não é um bom lugar", disse à mãe, "mas vamos ter de aguentar por uma noite." Escondeu o carrinho o melhor que pôde; apoiando a mãe pelo braço, levando a mala, foi tateando o caminho de volta para o mato.

Comeram comida fria e fizeram uma cama de folhas através da qual a umidade se filtrava palpavelmente para suas roupas. À meia-noite, uma chuvinha começou a cair. Os dois se abraçaram o mais apertado que podiam debaixo de uma moita, enquanto a chuva pingava no cobertor que seguravam sobre as cabeças. Quando o cobertor ficou ensopado, Michael foi de quatro até o carro e pegou o avental de plástico. Aninhou a cabeça da mãe no ombro e ficou ouvindo a sua curta e laboriosa respiração. Pela primeira vez lhe ocorreu que ela podia ter parado de reclamar porque estava exausta demais para isso, ou porque não se importava mais.

A intenção dele era partir o mais cedo possível e chegar ao

desvio para Stellenbosch e Paarl antes de clarear. Mas ao amanhecer sua mãe ainda estava dormindo apoiada nele e ele relutou em acordá-la. O ar foi ficando mais quente e ele achou difícil não cochilar. Assim, já era o meio da manhã quando ajudou a mãe a sair do matagal, de volta para a estrada. Estavam carregando seus pertences encharcados no carro, quando foram abordados por uma dupla de transeuntes que, topando com um homem magro e uma velha num lugar isolado, concluíram que podiam aliviar as posses dos dois impunemente. Como indício dessa intenção um dos estranhos mostrou para K (deixando a lâmina deslizar da manga para a mão) uma faca de trinchar carne, enquanto o outro pegava a mala. No instante em que a lâmina brilhou, K viu diante de si a perspectiva de ser humilhado de novo na frente da mãe, de ter de voltar com o carrinho para o quarto em Sea Point, de ficar sentado no capacho com as mãos no ouvido suportando dia após dia o peso do silêncio dela. Procurou dentro do carro e tirou a sua única arma, os quarenta centímetros de barra que havia serrado do eixo. Brandindo isso, com o braço esquerdo levantado para proteger o rosto, avançou sobre o rapaz com a faca, que foi se afastando na direção do companheiro, enquanto Anna K enchia o ar com gritos. Os estranhos recuaram. Sem dizer uma palavra, ainda fuzilando, ainda ameaçando com a barra, K recuperou a mala e ajudou sua trêmula mãe a subir no carrinho com os ladrões rodeando a menos de vinte passos. Ele então empurrou o carro de volta para a estrada e devagarinho foi levando a mãe para longe deles. Durante algum tempo, os dois seguiram atrás, o que estava com a faca fazendo gestos obscenos e ameaças à vida de K com complicadas demonstrações de lábios e língua. Então, assim como tinham surgido, deslizaram para o mato.

Não havia veículos na via expressa, mas gente, muita gente, andando onde ninguém andava antes, no meio da estrada, com suas melhores roupas de domingo. Na beira da estrada, crescia uma trama de ervas da altura do peito de um homem; a superfície da estrada era rachada, e nas rachaduras brotava grama. K emparelhou com três crianças, três irmãs com vestidos cor-de-rosa idênticos, a caminho da igreja. Elas espiaram a cabinezinha da sra. K e puxaram conversa com ela. Durante um longo trecho, até Michael virar para Stellenbosch, a menina mais velha foi andando de mãos dadas com a sra. K. Quando se separaram, a sra. K tirou a bolsa e deu uma moeda para cada menina.

As crianças tinham lhe dito que nenhum comboio rodava nos domingos, mas na estrada de Stellenbosch passou por eles um comboio de fazendeiros, uma fila de caminhões leves e carros precedida por uma carreta blindada com tela pesada, em cuja carroceria iam dois homens com rifles automáticos vigiando o solo à frente. K saiu da estrada até eles passarem. Os passageiros olharam com curiosidade, as crianças apontando e dizendo coisas que K não conseguia ouvir.

Vinhedos sem folhas se estendiam atrás e à frente. Um bando de pardais se materializou do céu, pousou por um momento nos arbustos à volta deles, e revoou. Do outro lado do campo, ouviram sinos de igreja. Vieram a K lembranças do Huis Norenius, de estar sentado na cama da enfermaria, dando tapas no travesseiro para ver a poeira brincar num raio de sol.

Estava escuro quando entrou em Stellenbosch. As ruas estavam molhadas e soprava um vento frio. Não tinha pensado onde iriam dormir. Sua mãe estava tossindo; depois de cada acesso, respirava com dificuldade. Parou num café e comprou pastéis de curry. Comeu três, ela um. Não tinha apetite. "Não era melhor ver um médico?", perguntou. Ela sacudiu a cabeça, bateu no peito. "É só garganta seca", disse. Parecia estar esperando chegar a Prince Albert no dia seguinte ou no outro, e ele não queria decepcioná-la. "Esqueci o nome da fazenda", ela disse,

35

"mas podemos perguntar, as pessoas hão de saber. Tinha um galinheiro encostado numa parede da cocheira, um galinheiro comprido, e uma bomba de água no morro. A gente tinha uma casa na subida do morro. Tinha um cacto do lado da porta dos fundos. É esse lugar que você tem de procurar."

Dormiram numa viela, numa cama de caixas de papelão desdobradas. Michael apoiou uma longa lateral de papelão em cima da cama, mas o vento soprou-a para longe. A mãe tossiu a noite inteira, mantendo K acordado. Uma perua de patrulha da polícia passou uma vez devagarinho pela rua e ele teve de tapar com a mão a boca da mãe.

Com a primeira luz, acomodou-a de volta no carro. A cabeça dela estava fraca, ela não sabia onde se encontrava. Ele parou a primeira pessoa que viu e perguntou como chegar ao hospital. Anna K não conseguia mais ficar sentada; e quando tombava, Michael tinha de fazer um esforço para evitar que o carro virasse. Ela estava febril, respirando com dificuldade. "Minha garganta está tão seca", sussurrou; mas a tosse era úmida.

No hospital, ficou sentado sustentando a mãe até chegar a vez de ela ser levada embora. Quando a viu de novo, estava deitada em uma maca no meio de um mar de macas, com um tubo enfiado no nariz, inconsciente. Sem saber o que fazer, ficou parado no corredor até ser mandado embora. Passou a tarde no pátio, ao brando calor do sol de inverno. Duas vezes se esgueirou de volta para ver se a maca havia sido removida. Uma terceira vez, foi na ponta dos pés até a mãe e curvou-se sobre ela. Não conseguiu perceber nenhum sinal de respiração. Com o coração apertado de medo, correu para a enfermeira no balcão e puxou sua manga. "Por favor, venha ver, depressa!", disse. A enfermeira soltou-se. "Quem é você?", ela chiou. Seguiu-o até a maca e tomou o pulso de sua mãe, olhando ao longe. Depois, sem dizer uma palavra, voltou ao balcão. K ficou na sua frente como um cachorro manso enquanto ela escrevia. Ela virou-se para ele. "Agora escute aqui", disse num sussurro duro. "Está vendo toda essa gente aqui?" Fez um gesto para o corredor e para a ala. "Toda essa gente está esperando para ser atendida. Estamos trabalhando vinte e quatro horas por dia para atender essa gente. Quando acaba o meu turno, não, escute aqui, não vá embora!", agora era ela que o puxava de volta, a voz subindo de volume, o rosto perto do seu, viu lágrimas de raiva começando a lhe brotar nos olhos. "Quando acaba o meu turno estou tão cansada que não consigo comer, caio dormindo com o sapato no pé. Eu sou só uma. Não duas, nem três — uma. Entendeu isso, ou é difícil demais para entender?" K desviou os olhos. "Desculpe", resmungou, sem saber o que mais dizer e voltou para o pátio.

A mala estava com sua mãe. Não tinha dinheiro, a não ser o troco da refeição da noite anterior. Comprou um donut e bebeu água de uma torneira. Deu uma andada pelas ruas, chutando o mar de folhas secas da calçada. Encontrou um parque, sentou-se num banco olhando o céu azul-pálido por entre os ramos nus. Um esquilo rangeu os dentes para ele e o assustou. De repente, ansioso com a possibilidade de terem roubado o carro, voltou correndo para o hospital. O carrinho estava onde havia deixado no estacionamento. Tirou os cobertores, os travesseiros e o fogão, mas não sabia onde escondê-los.

Às seis horas, viu as enfermeiras do turno diurno saindo e percebeu que era a chance de espiar de novo. Sua mãe não estava no corredor. No balcão, perguntou onde encontrá-la e foi mandado para uma ala remota do hospital, onde ninguém sabia do que ele estava falando. Voltou ao balcão e mandaram que voltasse de manhã. Perguntou se podia passar a noite em um dos bancos do corredor e negaram.

Dormiu na viela com a cabeça numa caixa de papelão. Teve um sonho: sua mãe foi visitá-lo no Huis Norenius, levando um pacote de comida. "O carrinho é lento demais", ela disse, no sonho. "Prince Albert está vindo me buscar." O pacote era estranhamente leve. Ele acordou com tanto frio que mal podia endireitar as pernas. Ao longe, um relógio bateu três horas, ou talvez quatro. As estrelas brilhavam sobre ele no céu claro. Ficou surpreso de o sonho não deixá-lo perturbado. Com um cobertor enrolado no corpo, primeiro andou para cima e para baixo na viela, depois saiu pela rua espiando as vitrinas escuras das lojas, nas quais, por trás de grades em losangos, manequins exibiam a moda de verão.

Quando finalmente conseguiu entrar no hospital, descobriu sua mãe na ala feminina, usando não mais o casaco preto comprido, mas uma camisola branca hospitalar. Estava de olhos fechados com o mesmo tubo dentro do nariz. A boca caída, o rosto tenso, até a pele de seus braços parecia ter enrugado. Apertou sua mão, mas não obteve nenhuma reação. Havia quatro fileiras de camas na ala, com não mais de trinta centímetros de espaço entre uma e outra; não tinha onde sentar.

Às onze horas, um atendente trouxe chá e deixou uma xícara na mesa de cabeceira de sua mãe, com uma bolacha no pires. Michael levantou a cabeça dela e colocou a xícara em seus lábios, mas ela não conseguiu beber. Durante um longo momento ele esperou, até sua barriga roncar e o chá ficar frio. Então, antes que o atendente voltasse, bebeu o chá de um trago e engoliu o biscoito.

Inspecionou as tabelas nos pés da cama, mas não conseguiu entender se eram de sua mãe ou de outra pessoa.

No corredor, deteve um homem de avental branco e pediu trabalho. "Não estou pedindo dinheiro", disse, "só alguma coisa para fazer. Varrer o chão, alguma coisa assim. Limpar o jardim."

"Vá falar com o funcionário lá embaixo", disse o homem, e seguiu em frente. K não conseguiu encontrar o funcionário certo. Um homem no pátio do hospital puxou conversa com ele. "Veio para levar pontos?", perguntou. K sacudiu a cabeça. O homem olhou criticamente para sua cara. Então contou uma longa história de um trator que havia passado por cima dele, esmagando sua perna, quebrando-lhe o quadril, e dos pinos que os médicos enfiaram em seus ossos, pinos de prata que não enferrujavam nunca. Andava com uma curiosa bengala de alumínio. "Não sabe onde posso conseguir alguma coisa para comer?", K perguntou, "não como desde ontem." "Rapaz", disse o homem, "por que não vai e compra uma empada para a gente?", e passou uma moeda de um rand para K. Ele foi até a padaria e comprou duas empadas de frango quentes. Sentou-se ao lado do amigo no banco e comeu. A empada estava deliciosa e vieram-lhe lágrimas aos olhos. O homem contou que sua irmã tinha ataques incontroláveis de tremor. K ouviu os passarinhos nas árvores e tentou lembrar quando havia sentido tanta felicidade.

Passou uma hora ao lado da cama da mãe de tarde e uma hora de noite. O rosto dela estava cinzento, a respiração mal perceptível. Seu maxilar mexeu uma vez: fascinado, K ficou olhando um fio de saliva aumentar e diminuir entre seus lábios murchos. Ela parecia estar murmurando alguma coisa, mas ele não conseguia entender o quê. A enfermeira que pediu para ele sair disse que a mãe estava sedada. "Por quê?", K perguntou. Roubou o chá da mãe e o da velha da cama ao lado, engolindo feito um cachorro culpado antes que a atendente voltasse.

Quando foi para a viela descobriu que as caixas de papelão tinham sido removidas. Passou a noite no vão de uma porta afastada da rua. Uma placa de latão acima da sua cabeça dizia: LE ROUX & HATTINGH — PROKUREURS. Acordou com a passagem da polícia, mas logo dormiu de novo. Não estava tão frio como na noite anterior.

A cama de sua mãe estava ocupada por uma mulher estranha, com a cabeça enrolada em bandagens. K ficou aos pés da cama, olhando. Quem sabe estou na ala errada, pensou. Parou uma enfermeira. "Minha mãe... ela estava aqui ontem..." "Pergunte no balcão", disse a enfermeira.

"Sua mãe faleceu durante a noite", disse-lhe a médica. "Fizemos o que foi possível para salvá-la, mas estava muito fraca. Tentamos entrar em contato, mas você não deixou número de telefone."

Ele se sentou numa cadeira no canto.

"Não quer telefonar?", disse a médica.

Era, evidentemente, o código para alguma coisa, ele não sabia o quê. Sacudiu a cabeça.

Alguém lhe trouxe uma xícara de chá, que ele bebeu. As pessoas em cima dele o deixavam nervoso. Cerrou as mãos e olhou firme para os pés. Tinha de dizer alguma coisa? Ficou abrindo e cerrando as mãos, repetidamente.

Foi levado ao andar debaixo, para ver a mãe. Ela estava com os braços ao longo do corpo, ainda com a camisola com a legenda KPACPA no peito. O tubo tinha sido removido. Durante um momento, ficou olhando para ela; depois, não soube mais para onde olhar.

"Há outros parentes?", perguntou a enfermeira no balcão. "Quer telefonar para eles? Quer que a gente telefone?" "Não precisa", disse K, e foi sentar-se de novo na cadeira do canto. Depois disso, deixaram-no sozinho, até que uma bandeja de comida do hospital apareceu ao meio-dia e ele comeu.

Ainda estava sentado no canto quando um homem de terno e gravata veio falar com ele. Qual era o nome de sua mãe, idade, local de residência, filiação religiosa? O que estava fazendo em Stellenbosch? K estava com os documentos de viagem dela? "Estava levando ela para casa", K respondeu. "Era frio onde ela morava na Cidade do Cabo, chovia o tempo todo, era ruim para a saúde dela. Estava levando para um lugar onde ela pudesse melhorar. Não era nosso plano parar em Stellenbosch." Ele então começou a ficar com medo de estar falando demais e não respondeu mais nenhuma pergunta. O homem desistiu e foi embora. Depois de algum tempo voltou, agachou-se na frente de K e perguntou: "Você passou algum tempo em algum asilo ou instituição para excepcionais ou em algum abrigo? Já teve emprego pago algum dia?". K não quis responder. "Assine seu nome aqui", disse o homem e estendeu um papel, apontando um espaço; K fez que não com a cabeça e o homem assinou ele mesmo o papel.

Mudou o turno e K saiu para o estacionamento. Ficou andando por ali e olhou o claro céu do anoitecer. Então, voltou para a cadeira encostada na parede. Ninguém pediu que fosse embora. Depois, quando não tinha ninguém por perto, desceu a escada e foi olhar sua mãe. Não conseguiu encontrá-la, ou então a porta que levava até ela estava fechada. Subiu numa grande gaiola de arame que continha lençóis usados e ali dormiu, enrolado como um gato.

No segundo dia depois da morte da mãe, uma enfermeira que ele nunca tinha visto apareceu na frente dele. "Vamos lá, está na hora de ir embora, Michael", disse. Ele foi atrás dela até o balcão no saguão. A mala estava à sua espera, e dois pacotes de papel pardo. "Embalamos as roupas e os objetos pessoais da sua falecida mãe dentro da mala", disse a enfermeira estranha. "Pode pegar agora." Ela usava óculos; falava como se estivesse lendo as palavras num papel. K notou que a moça do balcão estava olhando para eles com o rabo dos olhos. "Este pacote", continuou a enfermeira, "contém as cinzas da sua mãe. Sua mãe foi cremada hoje de manhã, Michael. Se você preferir, podemos cuidar das cinzas, se não, pode levar com você." Ela tocou com a unha do dedo o pacote em questão. Ambos os pacotes estavam caprichosamente selados com fita de papel pardo; aquele era o menor. "Gostaria que a gente se encarregasse disso?", perguntou. O dedo roçou de leve o pacote. K fez que não com a cabeça. "E neste pacote", ela continuou, empurrando com firmeza o segundo pacote para ele, "colocamos umas coisinhas para você que podem ser úteis, roupas e objetos de cuidados pessoais." Olhou para ele com franqueza nos olhos e sorriu. A menina do balcão voltou à máquina de escrever.

Então havia um lugar para queimar, K pensou. Imaginou as velhas da ala sendo colocadas lá dentro uma depois da outra, os olhos apertados contra o calor, os lábios apertados, as mãos ao longo do corpo, para dentro da fornalha acesa. Primeiro o cabelo, num halo de chamas, depois de um tempinho o resto todo, até as últimas coisas, queimando e desmanchando. E acontecia o tempo inteiro. "Então é isso", disse. "Então é isso o quê?", perguntou a enfermeira. Impaciente, ele indicou a caixa. "Então é isso?", desafiou. Ela se recusou a responder, ou não entendeu.

No estacionamento, ele abriu o pacote maior. Continha um aparelho de barbear, uma barra de sabão, uma toalha de rosto, um paletó branco com enfeites marrons nos ombros, uma calça preta e uma boina preta com um medalhão brilhante escrito AMBULÂNCIA ST. JOHN.

Estendeu as roupas para a menina no balcão. A enfermeira de óculos tinha desaparecido. "Por que estão me dando isto?", perguntou. "Não pergunte para mim", respondeu a menina. "Vai ver que alguém deixou aí." Ela não olhava na cara dele.

Jogou fora o barbeador e o sabão e pensou em jogar fora as roupas também, mas não jogou. A roupa do corpo já estava começando a cheirar mal.

Embora não tivesse mais nada a fazer ali, achou difícil ir embora do hospital. De dia, empurrava o carrinho pelas ruas das redondezas; de noite, dormia nas galerias de escoamento, atrás dos arbustos, nas vielas. Parecia-lhe estranho que houvesse crianças voltando da escola de bicicleta, tocando as campainhas, apostando corrida; parecia estranho que as pessoas continuassem comendo e bebendo como sempre. Durante algum tempo, andou perguntando por trabalho de jardim, mas acabou recuando devido ao mal-estar que os donos das casas, não lhe devendo nenhuma caridade, demonstravam ao abrir a porta para ele. Quando chovia, arrastava-se para baixo do carro. Passava longos períodos sentado olhando as próprias mãos, a cabeça vazia.

Acabou na companhia dos homens e mulheres que dormiam embaixo da ponte ferroviária e que assombravam o terreno baldio atrás da loja de bebidas em Andringa Street. Às vezes, emprestava-lhes seu carrinho. Num rompante de generosidade, deu de presente o fogão. Então, uma noite, alguém tentou puxar a mala de debaixo de sua cabeça enquanto estava dormindo. Houve uma briga e ele foi embora.

Uma vez, a perua da polícia parou ao lado dele na rua e dois policiais desceram para inspecionar o carrinho. Abriram a mala e revistaram lá dentro. Tiraram o papel de embrulho do segundo pacote. Dentro havia uma caixa de papelão, e dentro dela um saco plástico com cinzas de cor escura. Era a primeira vez que K via aquilo. Desviou os olhos. "O que é isto?", perguntou o policial. "As cinzas da minha mãe", disse K. O policial passava o pacote de uma mão para outra, especulativo, e fez um comentário ao amigo, que K não ouviu.

Passava horas seguidas do outro lado da rua do hospital. O hospital era menor do que lhe parecera antes, simplesmente um longo prédio baixo coberto de telhas vermelhas.

Deixou de obedecer ao toque de recolher. Não acreditava

que nada de mau pudesse lhe acontecer; e se acontecesse, não tinha importância. Vestindo a roupa nova, paletó branco, calça preta e boina, empurrava seu carrinho onde e quando queria. Às vezes, sentia-se aéreo. Estava mais fraco do que antes, mas não doente. Comia uma vez por dia, comprando donuts ou empadas com o dinheiro da bolsa da mãe. Dava gosto gastar sem ter ganhado: não prestava a menor atenção em como o dinheiro ia embora depressa.

Rasgou uma tira preta do forro do casaco da mãe e amarrou em volta do braço. Mas não sentia saudades dela, descobriu, a não ser na medida em que sentira sua falta a vida inteira.

Sem nada para fazer, dormia cada vez mais. Descobriu que era capaz de dormir em qualquer lugar, a qualquer momento, em qualquer posição: na calçada ao meio-dia, com gente passando por cima de seu corpo; de pé encostado na parede, com a mala entre as pernas. O sono assentava dentro da sua cabeça como uma névoa benigna; não tinha a menor vontade de resistir. Não sonhava com nada nem com ninguém.

Um dia, o carrinho desapareceu. Deu de ombros para a perda.

Pareceu-lhe que ia ter de ficar em Stellenbosch por algum tempo. Não havia como abreviar o tempo. Tropeçava pelos dias, perdendo-se muitas vezes.

Um dia estava andando sozinho pela Banhoek Road, como fazia às vezes, com a mala. Era uma manhã coberta, enevoada. Ouviu o clip-clop dos cascos do cavalo atrás dele; primeiro, sentiu o cheiro de esterco fresco, depois, lentamente, uma carroça passou por ele, uma velha carroça verde de coleta de lixo, sem capota, puxada por um Clydesdale e conduzida por um velho de capa plástica. Durante algum tempo foram andando lado a lado. O velho fez um ligeiro aceno de cabeça; K hesitou um momento, olhou a longa avenida reta na neblina, e descobriu que não havia mais nada que o prendesse. Então subiu e tomou seu lugar ao lado do velho. "Obrigado", disse. "Se precisar de ajuda, eu posso ajudar."

Mas o velho não precisava, não, nem estava a fim de conversa. Deixou K uns dois quilômetros depois da passagem e virou numa estrada de terra. K andou o dia inteiro e dormiu essa noite em um bosque de eucaliptos com o vento rugindo nos galhos altos. Ao meio-dia do dia seguinte, já havia rodeado Paarl e estava indo para o norte pela rodovia nacional. Só parou quando avistou o primeiro posto de controle, e esperou escondido até ter certeza de que ninguém a pé estava sendo detido.

Várias vezes passaram por ele comboios de veículos com escoltas armadas. Ele saía da estrada todas as vezes e liberava o caminho, sem tentar se esconder, mantendo as mãos visíveis, como tinha visto outras pessoas fazerem.

Dormiu na beira da estrada e acordou molhado de orvalho. Diante dele, a estrada subia na neblina. Passarinhos saltavam de moita em moita, num piar abafado. Levava a mala numa vara, em cima do ombro. Não comia fazia dois dias; parecia não haver limite para a sua resistência.

Menos de dois quilômetros depois do cruzamento, um fogo piscou na neblina e ele ouviu vozes. Quando chegou perto, o cheiro de bacon frito fez seu estômago se retorcer. Havia homens em torno de uma fogueira, se aquecendo. Quando se aproximou, pararam de falar e ficaram olhando para ele. Fez um gesto com a boina, mas nenhum respondeu. Passou por eles, passou por uma segunda fogueira na beira da estrada, passou por uma coluna de veículos estacionados bem juntinhos com os faróis acesos, e chegou ao motivo do bloqueio. Caído de lado, bloqueando a estrada, com as rodas de trás penduradas para fora do precipício, havia um caminhão articulado pintado de azul-seco. A cabine estava queimada, a carroceria enegrecida de fumaça.

45

Uma carreta carregada de sacos tinha se chocado com o caminhão, e a estrada ficou toda marcada por rastros de farinha branca. De prontidão além da curva, até onde K enxergava, estava o resto do comboio. Dois rádios tocavam alto duas estações rivais; de mais acima vinha o desamparado balido de ovelhas. Por um momento, K pensou em parar e catar punhados da farinha derramada, mas não sabia bem o que fazer com aquilo. Passou andando devagar por um caminhão após o outro; passou pelo caminhão de carneiros, tão apertados que alguns tinham de ficar empinados nas patas traseiras; passou por um grupo de soldados em volta de uma fogueira, que não prestou nenhuma atenção nele. Ao final do comboio, duas balizas luminosas piscavam e mais adiante queimava um balde de piche no meio da estrada, sem ninguém para tomar conta.

Assim que ultrapassou o comboio K relaxou, pensando que estava livre; mas na curva seguinte um soldado com uniforme de camuflagem saiu de trás de uns arbustos apontando um rifle automático para o seu coração. K parou onde estava. O soldado baixou o rifle, acendeu um cigarro, deu uma tragada, e tornou a levantar o rifle. Agora, K pensou, estava apontando para seu rosto, ou para sua garganta.

"Quem é você?", perguntou o soldado. "Aonde pensa que vai?"

Quando ia responder, K foi interrompido. "Mostre aí", disse o soldado. "Vamos logo, mostre o que tem aí."

Estavam fora das vistas do comboio, embora a música ainda viesse, baixinho, pelo ar. K tirou a mala do ombro e abriu. O soldado fez um gesto para que se afastasse, jogou fora o cigarro, e com um único gesto virou a mala. Espalhou tudo pela estrada: o chinelo de feltro azul, o short branco, o frasco plástico rosa de calamina, o frasco marrom de comprimidos, a bolsa plástica bege, a echarpe florida, a echarpe estampada de vieiras, o casaco preto de lã, a caixa de joias, os pacotes de papel pardo, o pacote de plástico branco, a lata de café que chacoalhava, o talco, lenços, cartas, fotografias, a caixa de cinzas. K não se mexeu.

"De onde você roubou tudo isso?", perguntou o soldado. "Você é ladrão, não é? Ladrão fugindo para as montanhas." Examinou a mala com o pé. "Mostre aí", disse. Tocou a caixa de joias. Tocou a lata de café. Tocou a outra caixa. "Mostre", disse e deu um passo atrás.

K abriu a lata de café. Continha argolas de cortina. Estendeu-as na palma da mão, depois voltou a colocar na lata e tampou. Abriu a caixa de joias e estendeu. Seu coração pulava no peito. O soldado mexeu no conteúdo, pegou um broche e deu um passo atrás. Estava sorrindo. K fechou a caixa. Abriu a bolsa e estendeu. O soldado fez um gesto. K esvaziou a bolsa na estrada. Dentro havia um lenço, um pente e um espelho, um pó compacto, e duas bolsinhas. O soldado apontou e K entregou para ele as bolsinhas. Ele enfiou no bolso da farda.

K lambeu os lábios. "Não é meu dinheiro", disse, seco. "É dinheiro da minha mãe, que ela trabalhou para ganhar." Não estava bem certo: a mãe tinha morrido, não precisava de dinheiro. Mesmo assim. Houve um silêncio. "Para que você acha que serve esta guerra?", K perguntou. "Para tirar dinheiro dos outros?"

"Para que você acha que serve esta guerra", o soldado disse, arremedando os movimentos da boca de K. "Ladrão. Cuidado. Podia estar caído ali no mato cheio de mosca em cima. Não me fale da guerra." Apontou a arma para a caixa de cinzas. "Mostre aí", disse.

K tirou a tampa e estendeu a caixa. O soldado olhou o saco plástico. "O que é esse negócio?", perguntou.

"Cinza", disse K. Sua voz agora estava mais firme.

"Abra", disse o soldado. K abriu o saco. O soldado pegou

uma pitada e cheirou com cautela. "Credo", disse. Seus olhos encontraram os olhos de K.

K se ajoelhou e colocou as coisas da mãe de volta dentro da mala. O soldado saiu de lado. "Então, posso ir agora?", K perguntou.

"Documentos em ordem, pode ir", disse o soldado. K colocou a vara com a mala no ombro.

"Espere aí", disse o soldado. "Você trabalha para a ambulância ou coisa assim?"

K sacudiu a cabeça.

"Espere aí, espere aí", disse o soldado. Tirou uma das bolsinhas de dentro do bolso, puxou do rolo uma nota marrom de dez rands e sacudiu na direção de K. "Gorjeta", disse. "Compre um sorvete."

K voltou e pegou a nota. Depois se foi de novo. Em um, dois minutos, o soldado tinha sumido na névoa.

Não lhe pareceu que tivesse sido covarde. Mesmo assim, um pouco adiante concluiu que não havia mais por que conservar a mala agora. Escalou um barranco e deixou a mala no mato, pegando apenas o casaco preto, para o frio, e a caixa de cinzas. Deixou a tampa da mala aberta para que a chuva molhasse, o sol queimasse e os insetos moessem, se quisessem, sem empecilhos.

Os comboios do norte haviam sido evidentemente detidos, pois tinha a estrada só para si. No fim da tarde, avistou o túnel na montanha e o posto de guarda na entrada sul. Saindo da estrada, foi pela encosta e abriu caminho no mato denso, úmido, até que ao cair da noite estava lá no alto, olhando o Elandsrivier e a estrada para o norte. Ouviu babuínos latindo ao longe. Dormiu debaixo de uma saliência de pedra, enrolado no casaco da mãe, com um pedaço de pau ao lado. Ao amanhecer já estava andando de novo, fazendo um largo arco para descer ao vale e evitar a ponte da estrada. O primeiro comboio do novo dia passou por ele.

Andou durante todo o dia, fora da estrada sempre que possível. Passou a noite em um bangalô na esquina de um campo coberto de mato com traves de rúgbi, separado da estrada por uma fila de eucaliptos. As janelas do bangalô estavam quebradas, a porta pendurada pelas dobradiças. O chão estava coberto de vidro quebrado, jornais velhos e folhas secas; uma grama amarelada havia nascido nas rachaduras das paredes; havia pencas de caracóis debaixo dos canos; mas o teto estava intacto. Arrastou uma pilha de folhas e papel para fazer uma cama no canto. Dormiu intermitentemente, acordado pelo vento forte e pela chuva pesada.

Ainda estava chovendo quando se levantou. Tonto de fome, ficou parado na porta olhando o mato encharcado, as árvores ensopadas e as montanhas na névoa azulada ao longe. Durante uma hora ficou esperando a chuva melhorar; depois, levantou o colarinho da camisa e correu pela água. No extremo oposto do campo, escalou uma cerca de arame farpado e entrou em um pomar de maçãs coberto de mato e ervas daninhas. Havia frutas roídas por bichos por toda parte, no chão; as frutas nos galhos eram pequenas e bichadas. Com a boina caída em cima das orelhas por causa da chuva e o casaco preto pendurado no corpo como um pelego, lá ficou, comendo, dando mordidas na polpa boa aqui e ali, mastigando depressa como um coelho, os olhos vazios.

Foi mais para dentro do pomar. Por toda parte havia sinais de abandono. Na verdade, começou a acreditar que estava em terra abandonada, quando as macieiras cederam espaço para uma extensão de terreno limpo, além do qual viu telheiros de tijolos e o teto de sapé com as paredes caiadas de uma casa de fazenda. No solo limpo, havia canteiros bem cuidados de hortaliças: couve-flor, cenoura, batata. Deixou o abrigo das árvores, saiu para a chuva e, pondo-se de quatro, começou a arrancar as cenouras amarelas meio crescidas para fora da terra macia. A terra é de Deus, pensou, não sou ladrão. Mesmo assim imaginou um tiro soando na janela dos fundos da fazenda, imaginou um grande cão alsaciano correndo para atacá-lo. Quando estava com os bolsos cheios, pôs-se de pé. Em vez de levar as folhas de cenoura para espalhar debaixo das árvores como tencionava, deixou-as onde estavam.

Durante a noite, a chuva parou. De manhã estava de volta à estrada com a roupa molhada, a barriga inchada de comida crua. Quando ouvia o ronco de um comboio se aproximando, enfiava-se no mato, mesmo pensando se agora, com a roupa imunda e o ar de total exaustão, não haveriam de passar por ele como se fosse um mero vagabundo andarilho do interior, tresnoitado demais para saber que era preciso ter papéis para andar na estrada, mergulhado demais na apatia para ser perigoso. Um dos comboios, com uma escolta de motociclistas, carros blindados e caminhões cheios de jovens soldados de capacete, levou uns bons cinco minutos para passar. Ficou olhando bem do seu esconderijo; o rapaz com metralhadora no último veículo, agasalhado com cachecol, óculos e gorro de lã, pareceu por um instante olhar direto nos seus olhos, antes de ser levado, de costas, para o Boland.

Dormiu dentro de um cano. Às nove da manhã seguinte, avistou as chaminés e os pilares de Worcester. Não estava mais sozinho na estrada, era um a mais numa fila esparsa de pessoas. Três rapazes passaram por ele andando depressa, a respiração fazendo nuvenzinhas brancas.

Nos arredores da cidade, havia um bloqueio policial, o primeiro que via desde Paarl, com viaturas e gente aglomerada em torno delas. Por um momento, hesitou. À esquerda, havia casas, à direita, um campo de tijolos. A única saída era voltar; seguiu em frente.

"O que eles querem?", perguntou para a mulher que estava à sua frente na fila. A mulher olhou para ele, virou a cara e não disse nada.

Era a vez dele. Estendeu o cartão verde. Da frente da fila, entre os dois caminhões da polícia, dava para ver os que haviam passado pela barreira; mas também, de um lado, um grupo silencioso de homens, só homens, guardados por um policial com um cachorro. Se eu fizer cara de muito burro, pensou, é capaz de me deixarem passar.

"Você é de onde?"

"De Prince Albert." Estava com a boca seca. "Estou indo para a minha casa em Prince Albert."

"Passe?"

"Perdi."

"Certo. Espere ali." O policial apontou com o cassetete.

"Eu não quero parar, não tenho tempo", K sussurrou. Será que sentiam o cheiro de medo nele? Alguém agarrou seu braço. Ele empacou, como um bicho no matadouro. Uma mão atrás dele na fila estava estendendo um cartão verde. Ninguém lhe dava ouvidos. O policial com o cachorro fez um gesto de impaciência. Empurrado à frente, K resolveu dar seus últimos passos, e entrou no cativeiro, os companheiros se apertando como se quisessem evitar uma contaminação. Agarrou a caixa e olhou os olhos amarelos do cachorro.

Na companhia de cinquenta estranhos, K foi levado de caminhão para o pátio da ferrovia, comeu mingau frio e chá, e foi embarcado em um vagão isolado num ramal. As portas foram trancadas e ele esperou, vigiado por um guarda armado de uniforme preto e marrom da Polícia Ferroviária, até chegarem mais trinta prisioneiros e serem colocados a bordo.

Junto de K, na janela, havia um homem mais velho, vestindo terno. K tocou sua manga. "Para onde estão levando a gente?", perguntou. O estranho olhou para ele e deu de ombros. "O que importa para onde estão nos levando?", perguntou. "Só tem duas possibilidades: linha acima ou linha abaixo. Com trem é sempre assim." Tirou um punhado de balas e ofereceu uma para K.

Uma locomotiva a vapor entrou de ré no ramal e, com assobios, sacolejos e estrépitos, engatou no vagão. "Para o norte", disse o estranho. "Touws River." K não respondeu e ele pareceu se desinteressar.

Saíram do ramal e começaram a rodar pelos quintais de Worcester, onde mulheres penduravam roupa lavada e crianças ficavam espiando na cerca para acenar, o trem ganhando velocidade aos poucos. K ficou olhando os fios telegráficos subirem e descerem, subirem e descerem. Passaram por quilômetro após quilômetro de vinhedos nus e abandonados, sobrevoados por corvos; então a locomotiva começou a bufar quando chegaram às montanhas. K estremeceu. Sentia o cheiro do próprio suor debaixo do mofo da roupa.

Deram uma parada e um guarda abriu a porta. No momento em que desceram, a razão da parada ficou clara. O trem não podia seguir adiante: os trilhos à frente estavam cobertos com um monte de pedras e barro vermelho que despencara da encosta, abrindo uma grande brecha na montanha. Alguém disse alguma coisa, e houve uma gargalhada.

Do alto da barreira caída, dava para ver outro trem lá longe no trilho do outro lado: havia homens trabalhando como formigas para descer por uma rampa uma escavadeira mecânica que estava dentro de um vagão.

K se viu designado para um grupo que ia trabalhar nos trilhos, que foram deslocados por uma certa distância perto da obstrução. Durante toda a tarde, sob o olhar de um vigilante e de um guarda, ele e os companheiros trabalharam empurrando os trilhos tortos, firmando o leito da ferrovia e assentando dormentes. De noite, já havia trilho suficiente para um vagão vazio avançar até o pé da barreira caída. Pararam para um jantar de pão, geleia e chá. Depois, à luz do farol da locomotiva, subiram o morro e começaram a remover com pás o barro e as pedras. De início, estavam bem alto e podiam jogar a carga direto dentro do vagão; à medida que o morro abaixava, cada pazada tinha de ser levantada pela lateral. Quando o vagão estava cheio, a locomotiva o puxava de volta pelos trilhos, e os mesmos homens o esvaziavam no escuro.

Refeito pela pausa do jantar, K logo começou a fraquejar de novo. Cada pazada que levantava custava-lhe esforço; quando se punha de pé sentia uma pontada nas costas e o mundo girava. Trabalhava cada vez mais devagar, até que se sentou na beira da estrada, com a cabeça entre os joelhos. Não fazia ideia de quanto tempo passou. Os sons foram ficando fracos em seus ouvidos.

Bateram em seu joelho. "Levante!", disse uma voz. Cambaleou até ficar de pé e na luz fraca viu o vigilante do grupo com seu casaco e quepe pretos.

"Por que tenho de trabalhar aqui?", K perguntou. Sua cabeça girava, as palavras pareciam ecoar de longe.

O vigilante deu de ombros. "Porque mandaram", disse. Levantou o cassetete e cutucou o peito de K. K pegou sua pá.

Até meia-noite, batalharam, movendo-se como sonâmbulos. Embarcados de volta ao vagão, dormiram empilhados uns sobre os outros nos bancos ou estendidos no chão nu, as janelas fechadas contra o duro frio do norte, enquanto lá fora os guardas marchavam para cima e para baixo, tremendo, xingando e se revezando para entrar na cabine e aquecer as mãos.

Cansado e com frio, K se deitou com a caixa de cinzas nos braços. Seu vizinho apertou-se contra ele e abraçou-o no sono. Ele acha que sou a mulher dele, pensou K, a mulher que dormiu na cama com ele a noite passada. Olhou a janela enevoada, querendo que a noite passasse. Depois, adormeceu; quando os guardas destrancaram as portas de manhã, seu corpo estava tão dolorido que mal conseguia ficar de pé.

Mais uma vez tomaram mingau e chá. Ele se viu sentado ao lado do homem que tinha falado com ele na viagem de Worcester.

"Está doente?", o homem perguntou.

K sacudiu a cabeça.

"Você não fala", disse o homem. "Achei que devia estar doente."

"Não estou doente", disse K.

"Então não fique assim tão caído. Isto aqui não é a prisão. Não é prisão perpétua. É só um grupo de trabalho. Não é nada."

K não conseguiu terminar a placa morna de mingau de milho. Os guardas e dois vigilantes passaram entre eles, batendo as mãos e mandando que levantassem.

"Não tem nada de especial com você", disse o homem. "Nada de especial com nenhum de nós." Seu gesto abrangia a todos: prisioneiros, guardas, vigilantes. K raspou o resto do mingau e jogou na terra. Todos se levantaram. O vigilante de nariz de gancho passou e bateu com o cassetete na barra do seu casaco. "Anime-se!", disse o homem, dando um sorriso para K e um soquinho de leve no ombro. "Você logo vai ser o mesmo homem de novo!"

A escavadeira mecânica tinha finalmente sido trazida para o outro lado do deslizamento e estava removendo a terra com regularidade. Por volta do meio-dia, já havia uma passagem de uns três metros de largura, e uma equipe de reparos de Touws

River pôde entrar para levantar e reassentar os trilhos liberados. O trem do lado norte começou a acumular vapor. Com seu imundo paletó branco de ambulância, levando o casaco e a caixa, na companhia de outros homens silenciosos e exaustos, K embarcou. Ninguém o deteve. Lentamente o trem recuou, indo para o norte pelo trilho único, com dois guardas armados no fim do vagão olhando a fila.

Durante as duas horas da viagem K fingiu dormir. O homem sentado à sua frente, talvez procurando algo para comer, puxou a caixa de entre seus pés e abriu. Quando viu que continha cinzas, tornou a fechar e devolveu para o lugar. K observou tudo de olhos semicerrados, mas não interferiu.

Foram desembarcados em Touws River às cinco da tarde. K ficou na plataforma sem saber o que ia acontecer em seguida. Podiam descobrir que tinha embarcado no trem errado e mandá-lo de volta para Worcester; ou podiam trancá-lo naquele lugar estranho, ventoso e desolado, por não ter documentos; ou poderia haver tantas emergências ao longo da linha, deslizamentos, inundações, explosões durante a noite e trilhos quebrados, que tornassem preciso que um bando de cinquenta homens fosse mandado para o norte e para o sul desde Touws River durante muitos anos, sem pagamento, alimentados a mingau e chá para manter as forças. Mas na verdade os dois guardas, depois de escoltá-los para fora da plataforma, viraram-se sem dizer uma palavra e os abandonaram no pátio de manobras para que retomassem suas vidas interrompidas.

Sem nada esperar, K atravessou os trilhos, passou por um buraco da cerca, e pegou a trilha que levava para fora da estação, na direção do oásis de postos de gasolina, hospedarias e parquinhos para crianças ao longo da estrada nacional. A tinta colorida dos cavalinhos de balanço e do carrossel estava descascando e os postos de gasolina estavam fechados fazia muito tempo, mas uma pequena loja com um anúncio de Coca-Cola em cima da porta e um engradado de laranjas na vitrine parecia ainda aberta. K abriu a porta, chegou a dar um passo para dentro da loja, mas a velhinha de preto correu com os braços estendidos ao encontro dele. Antes que pudesse se apoiar, ela o empurrou bruscamente para fora da porta e com um matraquear de trancas fechou a porta na cara dele. Ele ficou olhando pelo vidro e bateu; levantou a nota de dez rands para mostrar sua boa-fé, mas a velha, sem nem olhar para trás, desapareceu atrás do balcão alto. Dois outros homens do trem, que haviam seguido atrás de K, viram quando ele foi repelido. Um deles atirou raivosamente um punhado de cascalho na janela; depois viraram-se e foram embora.

K ficou. Além da prateleira de livros de bolso, em meio aos caramelos nas estantes, ainda conseguia ver um lado do vestido preto. Protegeu os olhos com as mãos e esperou. Não havia nada para ouvir, a não ser o vento soprando na estepe e o ranger do anúncio pendurado. Depois de algum tempo, a velha levantou a cabeça por trás do balcão e encontrou seu olhar. Ela usava óculos de aros pretos, o cabelo grisalho preso para trás. Nas prateleiras atrás dela, K podia ver comida enlatada, pacotes de farinha de milho e açúcar, e detergentes em pó. No chão diante do balcão, um cesto de limões. Segurou a nota grudada contra o vidro acima da cabeça. A velha não se mexeu.

Ele experimentou a torneira do lado de uma das bombas de gasolina, mas estava seca. Bebeu de uma torneira nos fundos da loja. Na estepe, atrás do posto de gasolina, havia uma porção de carcaças de carros. Experimentou as portas até encontrar uma que abriu. O banco de trás do carro tinha sido retirado, mas estava cansado demais para continuar procurando. O sol descia por trás das montanhas, as nuvens ficando alaranjadas. Encostou a porta, deitou-se no chão côncavo enferrujado, com a caixa debaixo da cabeça, e logo adormeceu.

De manhã, a loja estava aberta. Havia um homem alto de roupa cáqui atrás do balcão, de quem K comprou, sem nenhum problema, três latas de feijão com molho de tomate, um pacote de leite em pó e fósforos. Voltou para trás do posto de gasolina e fez um fogo; enquanto uma das latas esquentava, virou o leite em pó na mão e lambeu. Depois de comer, seguiu seu caminho, marchando pela estrada com o sol à direita. Caminhou sem parar o dia inteiro. Naquela paisagem plana de moitas baixas e pedras não havia onde se esconder. Passavam comboios em ambas as direções, mas ele os ignorava. Quando caiu a noite, saiu da estrada, atravessou uma cerca e encontrou lugar para passar a noite em um leito seco de rio. Fez um fogo e comeu uma segunda lata de feijão. Dormiu perto das brasas, indiferente aos ruídos da noite, aos passinhos entre as pedras, ao rufar de penas nas árvores.

Atravessada a cerca para a estepe, K achou mais tranquilo andar pelo campo. Andou o dia inteiro. Na luz que se apagava, teve a sorte de abater com uma pedra uma pomba-rola, quando ela foi se aninhar num espinheiro. Torceu seu pescoço, tirou as penas, assou-a num espeto de arame e comeu junto com a última lata de feijão.

De manhã, foi rudemente despertado por um velho camponês com um esfarrapado casaco marrom do Exército. Com estranha veemência o velho expulsou-o da terra. "Eu só dormi aqui, mais nada", K protestou. "Não venha criando problema!", disse o velho. "Se acharem você na terra deles, te matam! Vocês só criam problemas! Agora vá embora!" K pediu orientação, mas o velho acenou para que fosse embora e começou a chutar terra em cima das cinzas do fogo. Ele então se afastou e durante uma hora marchou pela estrada. Depois, quando se sentiu seguro, atravessou de novo a cerca.

De um cocho perto de um açude, raspou meia lata de farelo de milho e farinha de osso, ferveu com água, e comeu a pasta granulosa. Encheu a boina com um pouco mais da mistura, pensando: afinal, estou vivendo da terra.

Às vezes, o único som que ouvia era as pernas da calça roçando uma na outra. De horizonte a horizonte a paisagem estava vazia. Subiu num morro e deitou-se de costas ouvindo o silêncio, sentindo o calor do sol penetrar até os ossos.

Três criaturas estranhas, cachorrinhos de orelhas grandes, surgiram de detrás de uma moita e saíram correndo.

Podia viver aqui para sempre, pensou, ou até morrer. Nada aconteceria, todo dia seria igual ao outro, não haveria nada a dizer. A ansiedade que pertencia ao tempo de estrada começou a sair dele. Às vezes, ao caminhar, não sabia se estava acordado ou dormindo. Dava para entender que algumas pessoas tivessem se retirado para ali e se cercado com quilômetros e quilômetros de silêncio; dava para entender que quisessem legar o privilégio de tamanho silêncio aos filhos e netos para todo o sempre (embora não soubesse bem com que direito); imaginou se não haveria cantos, ângulos e corredores esquecidos entre as cercas, terra que não pertencesse ainda a ninguém. Se alguém pudesse voar bem alto, pensou, talvez conseguisse ver.

Dois aviões cruzaram o céu de sul para norte, deixando trilhas de vapor que lentamente se desmancharam, e um ruído de ondas.

O sol estava baixando quando subiu os últimos morros nos arredores de Laingsburg; quando cruzou a ponte e chegou à ampla avenida central da cidade, a luz estava roxo-escuro. Passou por postos de gasolina, lojas, hospedarias, tudo fechado. Um cachorro começou a latir e, já que tinha começado, continuou latindo. Outros cachorros aderiram. Não havia luz nas ruas.

Estava parado na frente da vitrine de uma loja de roupas de crianças quando alguém passou atrás dele, parou e voltou. "É toque de recolher quando toca o sino", disse uma voz. "Melhor sair da rua."

K virou-se. Viu um homem mais jovem que ele, vestindo um abrigo verde e dourado, com uma caixa de ferramentas de madeira. O que o estranho viu, ele não sabia.

"Você está bem?", perguntou o rapaz.

"Não quero parar", disse K. "Estou indo para Prince Albert e fica longe."

Mas acabou indo para a casa do estranho e dormiu na casa dele, depois de uma refeição de sopa e pão feito em casa. Havia três crianças. Enquanto K comia, a mais nova, uma menina, ficou o tempo todo sentada no colo da mãe, olhando, e mesmo com a mãe cochichando em seu ouvido, não tirou os olhos dele. As duas crianças mais velhas mantinham os olhos severamente nos pratos. K hesitou, mas depois contou de sua viagem. "Outro dia, encontrei um homem", disse, "que falou que matam gente que encontram na terra deles." O amigo sacudiu a cabeça. "Nunca ouvi falar disso", disse. "As pessoas têm que se ajudar, é nisso que eu acredito."

K deixou aquilo penetrar fundo em sua cabeça. Será que eu acredito em ajudar os outros?, pensou. Podia ajudar os outros, podia não ajudar, não sabia com antecedência, tudo era possível. Parecia não ter uma convicção, pelo menos não uma convicção quanto ao ato de ajudar. Vai ver eu sou que nem a terra, pensou.

Quando apagaram a luz, K ficou um longo tempo escutando os movimentos das crianças, que estavam dormindo em um colchão e cuja cama ele havia ocupado. Acordou uma vez durante a noite com a sensação de que estava falando no sono; mas ninguém parecia ter ouvido. Quando acordou de novo, a luz estava acesa e os pais estavam aprontando as crianças para a escola, tentando silenciá-las para não incomodar o hóspede. Envergonhado, enfiou a calça por baixo da roupa de cama e foi para fora. As estrelas ainda estavam brilhando; a leste havia um fulgor rosado no horizonte.

O menino veio chamá-lo para o café da manhã. À mesa, veio-lhe outra vez o impulso de falar. Agarrou a beira da mesa e ficou sentado, muito ereto. Seu coração estava cheio, queria agradecer, mas as palavras certas não saíam. As crianças ficaram olhando para ele; caiu um silêncio; os pais desviaram os olhos.

As duas crianças maiores receberam a tarefa de ir com ele até a saída para Seweweekspoort. Na saída, antes de se despedirem, o menino falou: "É isso a cinza?". K fez que sim com a cabeça. "Quer ver?", ofereceu. Abriu a caixa, desmanchou o nó do saco plástico. Primeiro, o menino cheirou as cinzas, depois a irmã fez a mesma coisa. "O que você vai fazer com isso?", o menino perguntou. "Estou levando de volta para o lugar onde a minha mãe nasceu faz muito tempo", disse K. "Era isso que ela queria que eu fizesse." "Queimaram ela?", perguntou o menino. K enxergou o halo em chamas. "Ela não sentiu nada", disse, "já era espírito."

Levou três dias para cobrir a distância de Laingsburg a Prince Albert, seguindo a direção da estrada de terra, circundando de longe as fazendas, tentando viver da estepe, mas passando fome a maior parte do tempo. Uma vez, no calor do dia, tirou a roupa e mergulhou na água de um açude solitário. Uma vez, foi chamado para a beira da estrada por um fazendeiro que dirigia um caminhão leve. O fazendeiro queria saber para onde estava indo. "Para Prince Albert", disse, "visitar minha família." Mas seu sotaque era estranho e o fazendeiro ficou claramente insatisfeito. "Pule aí", disse. K sacudiu a cabeça. "Pule aí", repetiu o fazendeiro. "Pegue uma carona." "Está bom assim", disse K, e foi andando. O caminhão passou por ele em uma nuvem de poeira; e K imediatamente saiu da estrada, cortou pelo leito de um rio e se escondeu até o anoitecer.

Depois, ao pensar no fazendeiro, só conseguia lembrar do chapéu de gabardine e dos dedos curtos que o chamaram. Em cada junta de cada dedo havia uma pluma de pelos cor de bronze. Sua memória inteira parecia ser de partes, não de todos.

Na manhã do quarto dia, estava agachado num morro, olhando o sol subir sobre aquilo que sabia afinal ser Prince Albert. Os galos cantavam; a luz piscava nas janelas das casas; uma criança levava dois burricos pela rua principal. O ar estava absolutamente parado. Ao descer do morro para a cidade, começou a se dar conta de uma voz de homem subindo ao seu encontro num monólogo constante e infindável, sem origem visível. Intrigado, parou para ouvir. Será a voz do Prince Albert?, pensou. Achava que o Prince Albert já tinha morrido. Tentou distinguir as palavras, mas embora a voz estivesse no ar como uma névoa, como um aroma, as palavras, se eram palavras, se a voz não estava simplesmente embalando ou cantarolando, eram fracas ou macias demais para ouvir. Então a voz cessou, dando lugar a uma minúscula banda de metais, distante.

K pegou a estrada que entrava na cidade pelo sul. Passou pela velha roda do moinho; passou por jardins cercados. Uma dupla de cachorros cor de fígado corria para cima e para baixo de uma cerca, latindo, querendo pegá-lo. Poucas casas adiante, uma mulher jovem estava ajoelhada junto a uma torneira externa, lavando uma tigela. Ela olhou para ele por cima do ombro, ele acenou com a boina, ela desviou os olhos.

Agora havia lojas dos dois lados da rua: uma padaria, um café, uma loja de roupas, uma agência de banco, uma loja de solda, um armazém-geral, garagens. Havia grades de malha de metal presas diante do armazém. K sentou-se no degrau, com as costas para a grade, e fechou os olhos, voltado para o sol. Agora estou aqui, pensou. Finalmente.

Uma hora depois, K ainda estava sentado ali, dormindo, com a boca aberta. Em torno dele, crianças tinham se reunido, cochichando e rindo. Um menino levantou delicadamente a boina, colocou na própria cabeça e retorceu a boca, arremedando. Os amigos perderam o fôlego de rir. Ele derrubou a boina torta na cabeça de K e tentou tirar dele a caixa, mas as duas mãos estavam cruzadas em cima dela.

O balconista chegou com as chaves; as crianças recuaram; e quando ele começou a remover a grade, K acordou.

O interior da loja era escuro e atulhado. Banheiras de ferro galvanizado e rodas de bicicleta pendiam do teto lado a lado com correias de ventilador e mangueiras de radiador; havia latas de pregos e pirâmides de baldes de plástico, prateleiras de lataria, remédios de marca, doces, roupas de bebê, refrigerantes.

K foi até o balcão. "Sr. Vosloo ou sr. Visser", disse. Eram os nomes que sua mãe lembrava do passado. "Estou procurando um sr. Vosloo ou um sr. Visser que é fazendeiro."

"Sra. Vosloo", disse o balconista. "É isso? A sra. Vosloo do hotel? Não tem nenhum sr. Vosloo."

"O sr. Vosloo ou o sr. Visser eram fazendeiros faz muito tempo, é um desses que estou procurando. Não sei o nome certo, mas se encontrar a fazenda eu reconheço."

"Não tem nenhum Vosloo nem Visser com fazenda. Visagie, é isso que você quer dizer? O que você quer com os Visagie?"

"Tenho de levar uma coisa lá." Levantou a caixa.

"Então você veio tão longe para nada. Não tem ninguém na fazenda dos Visagie, está vazia faz anos. Tem certeza que o nome que você quer é Visagie mesmo? Os Visagie foram embora faz muito tempo."

K pediu um pacote de biscoitos de gengibre.

"Quem mandou você aqui?", perguntou o balconista. K fez cara de idiota. "Deviam ter mandado alguém que sabe o que está fazendo. Diga isso para eles quando estiver com eles." K resmungou e saiu.

Estava andando na rua pensando onde procurar em seguida quando uma das crianças veio correndo atrás dele. "Senhor, eu sei onde fica a fazendo dos Visagie!", gritou. K parou. "Mas está abandonada, não tem ninguém lá", disse a criança. Deu orientações que levariam K para o norte, pela estrada para Kruidfontein e depois para leste pela estrada que acompanha o vale do Moordenaarsrivier. "A fazenda fica longe da estrada grande?", K perguntou. "Muito longe ou pouco longe?" O menino foi vago, e seus companheiros também não sabiam. "Tem de virar na placa do dedo apontando", disse. "A Visagie fica antes das montanhas, bem longe pra quem vai a pé." K deu-lhes dinheiro para balas.

Era meio-dia quando chegou ao dedo apontando e virou para uma trilha que levava a um platô cinzento desolado; o sol estava baixando quando subiu uma crista e avistou uma casa de fazenda baixa, caiada, além da qual a terra subia em planícies onduladas até os sopés íngremes e depois se juntava às encostas escuras das próprias montanhas. Chegou perto da casa e circundou-a. As venezianas estavam fechadas e um pombo entrou voando por um buraco onde um oitão havia despencado, deixando expostas as vigas e entortando as placas de teto galvanizadas. Uma placa solta batia monotonamente ao vento. Atrás da casa, havia um jardim de pedras onde não crescia nada. Não havia nenhuma velha cocheira como ele tinha imaginado, mas sim um barracão de ferro e madeira, e encostado nele um galinheiro vazio com tiras de plástico amarelo voejando, amarradas na tela. Na subida de trás da casa, ficava uma bomba de água à qual faltava a cabeça. Ao longe, na estepe, o cata-vento de uma segunda bomba rebrilhava.

As portas da frente e dos fundos estavam trancadas. Forçou uma veneziana e o fecho soltou-se. Com as mãos em concha nos olhos, olhou pela janela, mas não distinguiu nada.

Ao entrar no barracão, duas andorinhas voaram assustadas. Uma grade de trator, coberta de poeira e teias de aranha, ocupava a maior parte do espaço. Mal enxergando no escuro, aspirando um cheiro de querosene, lã e piche, foi tateando as paredes, por cima de picaretas e pás, pedaços e restos de encanamentos, rolos de arame, caixas de garrafas vazias, até chegar a uma pilha de sacos de ração vazios que ele arrastou para o ar livre, sacudiu para limpar e estendeu como uma cama na varanda.

Comeu o último biscoito que tinha comprado. Ainda restava metade do dinheiro, mas não tinha uso para ele. A luz caiu. Houve um voejar de morcegos debaixo do beiral. Ficou em sua cama, ouvindo os barulhos do ar da noite, ar mais denso que o ar do dia. Agora cheguei aqui, pensou. Ou pelo menos cheguei em algum lugar. Adormeceu.

A primeira coisa que descobriu de manhã foi que havia cabritos correndo pela fazenda. Um rebanho de uns doze ou catorze apareceu de trás da casa e atravessou o pátio a passo lento, liderado pelo velho macho de chifres enrolados. K ficou em pé em sua cama para olhar, e com isso os cabritos se assustaram e saltaram pela trilha até o leito do rio. Em um instante haviam desaparecido. Sentou-se e estava preguiçosamente amarrando o cadarço dos sapatos quando lhe ocorreu que esses bichos resfolegantes e peludos, ou criaturas como eles, tinham de ser capturadas, mortas, cortadas e comidas se tinha esperança de viver. Armado com nada mais que um canivete, pôs-se atrás dos cabritos. Passou o dia tentando caçá-los. Ariscos de início, foram se acostumando com o ser humano que trotava atrás deles; quando o sol ficou mais quente, às vezes paravam todos juntos e deixavam que ele se aproximasse bastante, antes de escapar de novo, tranquilamente. Nesses momentos, aproximando-se sorrateiramente deles, K sentia o corpo todo começar a tremer. Era difícil acreditar que havia se transformado naquele selvagem com uma faca na mão; e evitar o medo de que, ao dar o golpe no pescoço manchado de branco e marrom do bode, a lâmina do canivete se dobrasse e cortasse sua mão. Quando os cabritos se afastavam de novo, para manter o ânimo, dizia a si mesmo: Eles têm muitos pensamentos, eu tenho só um pensamento, meu único pensamento vai acabar sendo mais forte que os muitos deles. Tentou encurralar os cabritos contra uma cerca, mas eles sempre escapavam.

Descobriu que estava sendo levado por eles em um grande círculo, em volta da bomba e do açude que tinha avistado da casa da fazenda no dia anterior. Mais de perto, viu que o açude quadrado de concreto estava de fato transbordando de cheio; em volta, havia muitos metros de água lamacenta e mato viçoso, e ao se aproximar ouviu pulos de sapos. Só depois de beber foi que lhe ocorreu ficar intrigado com aquela abundância e perguntar a si mesmo quem cuidava de encher o açude. No fim da tarde, quando retomou a perseguição, com os cabritos passando calmamente de um retalho de sombra para outro diante dele, veio-lhe a resposta: soprou um vento leve, a roda guinchou e começou a girar, da bomba veio um retinir seco, e começou a sair do cano um filete intermitente de água.

Faminto e exausto, mas comprometido demais com a caçada para desistir, temendo perder a presa durante a noite naqueles quilômetros de estepe desconhecida, pegou seus sacos, arrumou a cama na terra nua debaixo da lua cheia, o mais perto que ousou dos cabritos, e caiu em um sono intermitente. No meio da noite, foi despertado pelo barulho de água e pelos roncos dos cabritos bebendo. Ainda tonto de cansaço, levantou e cambaleou até eles. Durante um instante, permaneceram juntos, virando para olhar para ele, enfiados na água até os joelhos; então, quando entrou na água atrás deles, espalharam-se em todas as direções numa explosão alarmada. Quase aos pés de K, um deles escorregou e caiu, esperneando na lama como um peixe, tentando se levantar. K caiu com todo o peso do corpo em cima dele. Tenho de ser duro, pensou, e apertar até o fim, não posso vacilar. Dava para sentir a parte traseira do cabrito se agitando embaixo dele; o animal balia de terror, o corpo sacudido por espasmos. K montou em cima dele, apertou as mãos em volta de seu pescoço e empurrou para baixo com toda a força, pressionando a cabeça abaixo da superfície da água, enfiada no lodo grosso do fundo. Sentiu o cabrito sacudir, mas seus joelhos apertavam o corpo do bicho como uma torquês. Houve um momento em que o espernear começou a fraquejar e K quase amoleceu. Mas o impulso passou. Por muito tempo depois do último ronco, do último tremor, ele continuou segurando a cabeça do cabrito dentro da lama. Só quando o frio da água começou a amortecer seus membros foi que levantou e arrastou-se para fora.

Durante o resto da noite não dormiu, marchando de lá para cá com as roupas molhadas, os dentes batendo, enquanto a lua atravessava o céu. Quando veio o amanhecer e havia luz suficiente para ver, voltou à casa da fazenda e, sem pensar duas vezes, meteu o cotovelo em uma vidraça. O último tilintar do último caco de vidro foi morrendo e o silêncio baixou de novo, tão profundo quanto antes. Soltou o trinco e abriu bem a janela. Vagou de sala em sala. A não ser por algumas peças de mobília maiores, armários, camas, guarda-roupas, não havia nada. Seus pés deixavam pegadas no chão empoeirado. Quando entrou na cozinha houve uma revoada e os pássaros saíram por um buraco do teto. Havia fezes por toda parte; num canto, uma pilha de entulho, onde o oitão havia caído, sobre a qual nascia até uma plantinha da estepe.

Uma pequena despensa dava para a cozinha. K abriu a janela e empurrou as venezianas. Ao longo de uma parede, ficava uma fila de baldes de madeira, todos vazios a não ser um que continha o que parecia ser areia e fezes de rato. Em uma das prateleiras, havia coisas de cozinha, peças desparceiradas, xícaras de plástico, jarras de vidro, tudo coberto de poeira e teias de aranha. Em outra, havia garrafas meio vazias de óleo e vinagre, potes de açúcar de confeiteiro e leite em pó, e três vidros de conservas. K abriu um, cavoucou a vedação de parafina e devorou uma coisa que tinha gosto de abricó. A doçura da fruta em sua boca misturou-se ao cheiro de lodo velho que subia de sua roupa molhada e deu-lhe ânsia de vômito. Levou o vidro para fora e, de pé ao sol, comeu o resto mais devagar.

Atravessou os quase dois quilômetros de estepe de volta até o açude. Embora o ar estivesse quente, ainda tremia.

O volume do cabrito marrom-lama sobressaía da água. Foi chapinhando e, usando toda a sua força, puxou o corpo pelas patas traseiras. Os dentes estavam expostos, os olhos amarelos bem abertos; um filete de água escorreu de sua boca. Era uma fêmea. A urgência da fome que o havia dominado no dia anterior havia desaparecido. Repugnou-lhe a ideia de cortar e devorar aquela coisa feia com aquele pelame molhado, malhado. O resto dos cabritos continuava na encosta, a certa distância, as orelhas espetadas para ele. Achava difícil acreditar que tinha passado um dia inteiro perseguindo os cabritos feito um louco com uma faca na mão. Teve uma visão de si mesmo montado na cabra até matá-la na lama, à luz da lua, e estremeceu. Gostaria de enterrar a cabrita em algum lugar e esquecer o episódio;

ou então, melhor ainda, dar um tapa no traseiro do bicho e vê-lo se pôr de pé e sair trotando. Levou horas para arrastá-lo pela estepe até a casa. Não tinha como destrancar as portas: teve de levantá-lo por uma janela para colocar dentro da cozinha. Então, ocorreu-lhe que seria bobagem carnear o bicho dentro de casa, se é que havia alguma diferença entre o lado de dentro e o de fora naquela cozinha com plantas e pássaros. Então, jogou-o para fora de novo. Tinha a sensação de estar perdendo a garra da motivação que o havia trazido todas aquelas centenas de quilômetros até ali, e teve de ficar andando de cá para lá com as mãos no rosto para se sentir bem de novo.

Nunca havia limpado um animal antes. Não tinha nada para usar, além do canivete. Fez um corte na barriga e enfiou o braço na abertura; esperava calor de sangue, mas dentro da cabrita encontrou de novo a umidade pegajosa do lodo pantanoso. Deu um puxão e os órgãos foram caindo a seus pés, azuis, roxos e vermelhos; teve de arrastar um pouco a carcaça para poder continuar. Arrancou o quanto pôde da pele, mas não conseguiu cortar os pés e a cabeça até que, procurando no barracão, encontrou um arco de serra. Por fim, a carcaça que pendurou no teto da despensa era diminuta em comparação com o monte de restos que enrolou num saco e enterrou na camada superior do jardim de pedras. Estava com as mãos e as mangas cheias de sangue coagulado; não havia água por perto; esfregou-se com areia, mas ainda era seguido por moscas quando voltou para a casa.

Esfregou e limpou o fogão e acendeu o fogo. Não havia no que cozinhar. Cortou um pernil e segurou em cima da chama nua até ficar torrado por fora e escorrerem sucos. Comeu sem prazer, pensando: O que eu vou fazer quando acabar o cabrito?

Tinha certeza de que havia pegado uma gripe. Sentia a pele quente e seca, a cabeça doendo, engolia com dificuldade. Levou vidros de compota até o açude para encher de água. No caminho de volta, sentiu de repente que estava perdendo as forças e teve de sentar. Sentado na estepe sem vegetação com a cabeça entre os joelhos, permitiu-se imaginar que estava deitado em uma cama limpa, entre lençóis brancos estalando. Tossiu, soltou um som que parecia de coruja, e ouviu o som se afastar dele sem um traço de eco. Embora lhe doesse a garganta, repetiu o som. Era a primeira vez que ouvia a própria voz desde Prince Albert. Pensou: aqui posso fazer o som que eu quiser.

Ao anoitecer, estava febril. Arrastou a cama de sacos para a sala da frente e dormiu lá. Teve um sonho no qual estava deitado no escuro absoluto do dormitório do Huis Norenius. Quando esticou a mão, tocou a cabeça da guarda da cama de ferro; do colchão de fibra de coco subia o cheiro de urina velha. Temendo mexer-se e acordar os meninos que dormiam à sua volta toda, ficou deitado com os olhos abertos para não deslizar de novo para os perigos do sono. São quatro horas, disse a si mesmo, às seis vai estar claro. Por mais que abrisse os olhos, não conseguia saber a posição da janela. Suas pálpebras ficaram pesadas. Estou caindo, pensou.

De manhã, sentiu-se mais forte. Calçou os sapatos e vagou pela casa. Em cima do guarda-roupa, encontrou uma mala. Mas continha apenas brinquedos quebrados e peças de quebra-cabeças. Não havia nada de útil na casa, nada que pudesse lhe dar uma pista do porquê da partida dos Visagie que moravam ali antes dele.

A cozinha e a despensa estavam tomadas pelo zumbido de moscas. Não tinha apetite, mas mesmo assim acendeu o fogo e cozinhou, dentro de uma lata de geleia, um pouco da carne do cabrito. Encontrou chá em um vidro na despensa; fez chá e voltou para a cama. Tinha começado a tossir.

A caixa de cinzas estava esperando em um canto da sala.

Ele esperava que a mãe, que em certo sentido estava dentro da caixa e em certo sentido não estava, tendo sido libertada, um espírito libertado no ar, estivesse mais em paz agora que se encontrava perto da terra natal.

Havia um certo prazer em abandonar-se à doença. Abriu todas as janelas e ficou deitado ouvindo os pombos ou o silêncio. Cochilou e acordou ao longo de todo o dia. Quando o sol do entardecer brilhou direto em cima dele, fechou as venezianas.

De noite, delirou de novo. Estava tentando atravessar uma paisagem árida que oscilava e ameaçava atirá-lo pela borda. Achatou-se no chão, enfiou as unhas na terra e sentiu que estava mergulhando no escuro.

Dois dias depois, os acessos de frio e calor terminaram; mais um dia e ele começou a se recuperar. O cabrito na despensa estava fedendo. A lição, se é que havia uma lição, se é que havia lições embutidas nos fatos, parecia ser que não devia matar animais tão grandes. Cortou um galho em forma de forquilha e, com a lingueta de um sapato velho e tiras de borracha de uma câmara de pneu, construiu um estilingue para derrubar passarinhos das árvores. Enterrou os restos do cabrito.

Explorou os chalés de um único cômodo na encosta nos fundos da fazenda. Eram construídos de tijolo e argamassa, com chão de cimento e teto de ferro. Não era possível que tivessem meio século de idade. Mas, uns metros adiante, subia da terra nua um pequeno retângulo de tijolos de barro batidos pelo tempo. Será que era ali que sua mãe tinha nascido, no meio de um jardim de cactos? Pegou na casa a caixa de cinzas, colocou no meio daquele retângulo, e sentou a esperar. Não sabia o que estava esperando; fosse o que fosse, não aconteceu. Um besouro passou zunindo pelo chão. O vento soprou. Era uma caixa de papelão ao sol, sobre um espaço aberto de barro queimado, nada mais. Aparentemente, tinha de dar outro passo, mas ainda não conseguia imaginar qual.

Percorreu a cerca do perímetro da fazenda inteira sem encontrar nenhum sinal de vizinhos. Num cocho coberto com uma folha de ferro encontrou um pouco de comida de carneiro esfarelada; pegou um punhado de milho e pôs no bolso. Voltou à bomba de água e ficou mexendo nela até descobrir como funcionava o mecanismo do breque. Religou o cabo quebrado e parou o girar seco e enlouquecido da roda.

Embora continuasse a dormir na casa, não se sentia à vontade lá. Vagando de uma sala vazia para outra, sentia-se tão insubstancial quanto o ar. Cantava para si mesmo e ouvia a própria voz ecoar nas paredes e no teto. Mudou a cama para a cozinha, onde podia ao menos ver as estrelas pelo buraco do teto.

Passava os dias no açude. Uma manhã, tirou a roupa toda e lavou, enfiado até o peito na água, batendo as roupas contra a parede; durante o resto do dia, enquanto a roupa secava, cochilou à sombra de uma árvore.

Chegou o momento de devolver sua mãe à terra. Tentou cavar um buraco na crista dos montes a oeste do açude, mas a dois centímetros da superfície a pá tocou rocha sólida. Mudou então para a borda do que havia sido terra cultivada abaixo do açude e cavou um buraco da profundidade do seu antebraço. Colocou o pacote de cinzas no buraco e jogou uma primeira pazada de terra em cima. Então, ficou apreensivo. Fechou os olhos, concentrou-se, esperando que uma voz lhe falasse, garantindo que estava agindo certo, a voz da mãe, se ela ainda tivesse voz, ou a voz de ninguém em particular, ou mesmo a sua própria voz como às vezes lhe dizia o que fazer. Mas não veio voz nenhuma. Então, tirou o pacote de dentro do buraco, assumindo a responsabilidade, e começou a limpar um retalho de alguns metros quadrados no meio do campo. Ali, bem curvado para que as cinzas não fossem levadas pelo vento, espalhou os finos flocos cinzentos sobre a terra, e com a pá revolveu a terra junto com ela.

Foi o começo da sua vida de agricultor. Em uma estante do barracão, encontrou um pacote de sementes de abóbora, das quais já havia tostado e comido algumas; ainda tinha os grãos de milho; e no chão da despensa encontrara até um grão solitário de feijão. No espaço de uma semana, havia limpado a terra em torno do açude e restaurado o sistema de sulcos que a irrigavam. Depois plantou um canteiro pequeno de abóboras e um canteiro pequeno de milho; e a alguma distância, na margem do rio, onde teria de levar água para molhar, plantou seu feijão, de forma que, se crescesse, pudesse enrolar-se nos espinheiros.

Estava vivendo principalmente de pássaros que matava com o estilingue. Seus dias se dividiam entre essa forma de caça, que fazia mais perto da casa, e o cuidado da terra. Seu maior prazer vinha ao pôr do sol, quando abria a torneira do açude e ficava olhando a água correr pelos canais, ensopando a terra, que mudava de marrom-claro para marrom-escuro. Isso é porque eu sou jardineiro, pensou, porque é a minha natureza. Afiou a lâmina da pá em uma pedra, para melhor saborear o instante em que ela fendia a terra. O impulso de plantar o despertou; em questão de semanas, viu sua vida fortemente ligada ao pedaço de terra que havia começado a cultivar e às sementes que havia plantado ali.

Havia momentos, especialmente de manhã, em que passava por um acesso de júbilo ao pensar que, sozinho e sem ninguém saber, estava fazendo aquela fazenda deserta brotar. Mas, depois do júbilo, às vezes vinha uma sensação de dor que estava obscuramente ligada ao futuro; e então só o trabalho duro o impedia de cair em depressão.

O poço, esgotado, produzia apenas um fluxo fraco e intermitente. O desejo mais profundo de K passou a ser a visão do fluxo de água da terra restaurado. Bombeava apenas o que sua plantação precisava, deixando que o nível do açude caísse até poucos centímetros, assistindo sem pena o charco secar, a lama endurecer, o mato murchar, os sapos virarem de barriga para cima e morrer. Não sabia como as águas subterrâneas se renovavam, mas sabia que era errado desperdiçar. Não podia imaginar o que havia debaixo de seus pés, um lago, uma torrente, um vasto mar interior, ou uma piscina tão profunda que não tinha fundo. Toda vez que soltava o breque, a roda girava e a água vinha, parecia-lhe um milagre; debruçava-se na parede do açude, fechava os olhos, e punha os dedos na água corrente.

Vivia pelo nascer e pôr do sol, num bolsão fora do tempo. A Cidade do Cabo, a guerra e sua passagem até a fazenda deslizavam mais e mais para o esquecimento.

Então, um dia, ao voltar para a casa ao meio-dia, viu a porta da frente aberta; e enquanto estava ali ainda parado e confuso, uma figura emergiu do interior para o sol, um rapaz pálido e gordinho de uniforme cáqui. "Você trabalha aqui?", foram as primeiras palavras do estranho. Estava no alto da varanda como se fosse o dono da casa. K não podia fazer nada além de aquiescer com a cabeça. "Nunca vi você antes", disse o estranho. "Está cuidando da fazenda?" K sacudiu a cabeça. "Quando foi que a cozinha caiu daquele jeito?", o rapaz perguntou. Tentando puxar as palavras, K gaguejou. O estranho não tirava os olhos da boca ruim de K. Então, falou de novo. "Não sabe quem eu sou, sabe?", disse. "Sou o neto do patrão Visagie."

K tirou seus sacos da cozinha e levou para um dos quartos na encosta, deixando a casa para o novo Visagie. Sentiu a velha burrice sem esperança invadi-lo, e tentou reagir. Talvez ele fique só um ou dois dias, pensou, quando perceber que não tem nada para ele aqui; quem sabe é ele que vai embora e eu que fico.

Mas o neto, foi o que veio à tona, não podia ir embora. Naquela mesma noite, quando K acendeu uma fogueira na encosta e estava grelhando dois pombos do cerrado para o jantar, o neto apareceu da penumbra e ficou ali tanto tempo que K se sentiu obrigado a lhe oferecer comida. Ele comeu como um menino esfaimado. Não havia o bastante para os dois. Então, a história revelou-se. "Quando você for para Prince Albert, quero que tome o cuidado de não contar para ninguém que estou aqui", começou ele. Acontece que era desertor do Exército. Tinha se esgueirado de um trem de tropas no ramal de Kruidfontein na noite anterior, e atravessado o campo a pé a noite inteira, chegando finalmente à fazenda que lembrava dos seus dias de escola. "Nossa família costumava passar o Natal aqui", disse. "Não paravam de vir parentes, a casa parecia que ia explodir. Nunca vi tanta comida como a gente fazia. Dia após dia, minha avó empilhava comida na mesa, aquela comida boa do campo, e nós comíamos até a última migalha. Carneiro do Karoo como não se vê mais hoje." K ficou agachado, cutucando o fogo, mal ouvindo, pensando: eu me convenci de que isto era uma daquelas ilhas sem dono. Agora estou descobrindo a verdade. Agora estou aprendendo minha lição.

Quanto mais o neto falava, mais veemente ficava. Era anêmico, disse, tinha o coração fraco, estava escrito em seus documentos, ninguém podia contestar, e mesmo assim tinha sido mandado para o front. Estavam redistribuindo o pessoal de escritório e mandando para o front. Será que achavam que dava para ficar sem pessoal de escritório? Pensam que dá para tocar uma guerra sem um escritório de administração? Se viessem procurar por ele, a polícia comum ou a polícia militar, para levá-lo como exemplo, K tinha de se fingir de bobo. Fazer-se de idiota e não revelar nada. Enquanto isso, ele, o neto, construiria um esconderijo para si. Conhecia bem a fazenda, ia encontrar um lugar onde nunca sonhassem procurar. Seria melhor que K não soubesse onde era o esconderijo. Será que K podia lhe arranjar uma serra? Precisava de uma serra, queria começar a trabalhar logo de manhã cedo. K concordou em procurar. Seguiu-se então um longo silêncio. "É só isso que você come?", perguntou o neto. K sacudiu a cabeça. "Devia plantar batata", disse o neto. "Batata, cebola, milho, tudo cresce aqui se você regar bem. É boa esta terra. Estou surpreso de você não ter plantado alguma coisa perto do açude." K sentiu uma pontada de decepção: até o açude era conhecido. "Meus avós tiveram sorte de encontrar você", continuou o neto. "As pessoas estão tendo muita dificuldade para encontrar bons trabalhadores de fazenda hoje em dia. Como é seu nome?" "Michael", K respondeu. Estava escuro já. O neto levantou-se, incerto. "Não tem uma lanterna?", perguntou. "Não", disse K; e ficou olhando o rapaz procurar o caminho ao luar.

Veio a manhã e não havia mais nada para fazer. Não podia ir até o açude sem revelar sua plantação. Agachou-se com as costas apoiadas na parede do quarto, sentindo o sol aquecer seu corpo, sentindo o tempo passar, até o neto subir de novo a encosta. Ele é dez anos mais moço que eu, K pensou. A subida trouxera-lhe cores ao rosto.

"Michael, não tem nada para comer!", reclamou o neto. "Você nunca vai até a loja?" Sem esperar resposta, abriu a porta do quarto e olhou dentro. Pareceu ocorrer-lhe um comentário, mas preferiu calar-se.

"Quanto pagam para você, Michael?", perguntou.

Ele acha que sou mesmo um idiota, pensou K. Acha que sou um idiota que dorme no chão feito animal e vive de passarinhos e lagartos, e nem sabe que existe uma coisa chamada dinheiro. Ele olha o emblema na minha boina e se pergunta quem será a criança que me deu isso de presente de amigo secreto.

"Dois rands", K disse. "Dois rands por semana."

"Então que notícia você tem dos meus avós? Eles nunca vêm aqui visitar?"

K ficou quieto.

"De onde você é? Não é daqui, é?"

"Estive por aí tudo", disse K. "Na Cidade do Cabo também."

"Não tem carneiros na fazenda?", perguntou o neto. "Não tem cabritos? Não foi cabrito que eu vi, uns dez ou doze, ontem, para lá do açude?" Olhou o relógio. "Venha, vamos procurar os cabritos."

K lembrou do cabrito na lama. "Esses cabritos ficaram selvagens", disse. "Não vai conseguir pegar."

"Podemos pegar no açude. Nós dois juntos conseguimos."

"É de noite que eles vão para o açude", disse K. "De dia ficam na estepe." Para si mesmo, pensou: um soldado sem arma. Um menino numa aventura. Para ele a fazenda é só um lugar de aventura. Disse: "Esqueça os cabritos. Eu arrumo alguma coisa para comer".

Assim, enquanto se ouvia da casa o som da serra, K levou seu estilingue e desceu até o rio onde, uma hora depois, havia matado três pardais e um pombo. Trouxe os pássaros mortos para a porta da frente e bateu. O neto, nu da cintura para cima, e suando, veio encontrá-lo. "Muito bom", disse. "Pode limpar isso depressa? Eu agradeço."

K levantou os quatro pássaros mortos, os pés juntos num emaranhado de garras. Havia uma pérola de sangue no bico de um dos pardais. "Tão pequeno que a gente nem sente o gosto quando engole", disse. "Você não ia se sujar, nem o dedo mindinho."

"O que quer dizer com isso?", disse o neto Visagie. "Que porra é essa que você está dizendo? Se quer dizer alguma coisa, diga! Deixe isso aí. Eu cuido deles!" Então, K pousou os quatro pássaros no degrau da porta da frente e afastou-se.

Os primeiros brotinhos das folhas de abóbora estavam surgindo da terra, um aqui, outro ali. K abriu a comporta uma última vez e ficou olhando a água varrer lentamente o campo, escurecendo a terra. Agora, quando mais precisam de mim, pensou, abandono meus filhotes. Fechou a comporta e entortou a haste da bola até a torneira ficar travada, cortando o fluxo para o cocho onde os cabritos bebiam.

Levou quatro vidros de água e deixou na varanda. O neto, de camisa de novo, ficou olhando ao longe com as mãos nos bolsos. Depois de um longo silêncio, falou. "Michael", disse, "não sou eu que pago você. Não posso mandar você embora da fazenda assim. Mas temos de trabalhar juntos, senão..." Voltou o olhar para K.

As palavras, independentemente do que pudessem significar, acusação, ameaça, reprimenda, pareceram sufocar K. É só o jeito dele, disse para si mesmo: fique calmo. Mesmo assim, sentiu a burrice subindo dentro dele de novo, como uma neblina. Não sabia mais o que fazer com sua cara. Esfregou a boca e olhou para as botas marrons do neto, pensando: não se pode mais comprar bota assim em loja nenhuma. Tentou apegar-se a esse pensamento para se aprumar.

"Quero que vá até Prince Albert para mim, Michael", disse o neto. "Vou te dar uma lista das coisas que eu quero, e dinheiro. Vou dar alguma coisa para você também. Só não fale com ninguém. Não diga que me viu, não diga para quem você está comprando as coisas. Não diga que está comprando para alguém. Não compre tudo na mesma loja. Compre metade no Van Rhyn e metade no café. Não pare, nem fale, finja que está com pressa. Entendeu?"

Não posso me perder, K pensou. E sacudiu a cabeça. O neto continuou.

"Michael, estou falando com você de ser humano para ser humano. Tem uma guerra acontecendo, tem gente morrendo. Bom, eu não estou em guerra com ninguém. Decretei a minha paz. Entendeu? Fiz as pazes com todo mundo. Não tem guerra aqui na fazenda. Você e eu podemos viver quietinhos até eles fazerem as pazes em toda parte. Ninguém vai nos perturbar. A paz tem de chegar um dia desses.

"Michael, eu trabalhei no escritório da administração. Eu sei o que está acontecendo. Sei quantos homens dão no pé todo mês, paradeiro desconhecido, pagamento suspenso, processo aberto. Sabe do que estou falando? Podia contar estatísticas que iam te deixar chocado. Eu não sou o único. Logo não vai mais haver homens suficientes, estou dizendo, eles não vão ter homens suficientes para ir atrás dos homens que fugiram! É um país grande! É só olhar em volta! Montes de lugares para ir! Montes de lugares para se esconder!

"Só quero ficar fora das vistas um pouquinho. Eles logo vão desistir. Eu sou só um peixinho num grande oceano. Mas preciso da sua cooperação, Michael. Tem de me ajudar. Senão, não tem futuro para nenhum de nós dois. Entende?"

Então, K saiu da fazenda levando a lista de coisas que o neto precisava e quarenta rands em notas. Pegou uma latinha velha da beira da estrada, e no portão da fazenda enterrou o dinheiro dentro da lata embaixo de uma pedra. Depois, cortou pelo campo, mantendo o sol à sua esquerda e evitando qualquer moradia. De tarde, começou a subir, até que as belas casas brancas da cidade de Prince Albert apareceram abaixo dele, para oeste. Mantendo-se nas encostas, circundou a cidade e pegou a estrada que levava a Swartberg. Marchou montanha acima usando o casaco da mãe contra o frio.

No alto, muito acima da cidade, procurou um lugar para dormir e encontrou uma caverna que havia evidentemente sido usada antes por campistas. Havia um círculo de pedras para a fogueira e uma perfumada cama de tomilho preparada no chão. Fez uma fogueira e assou um lagarto que matou com uma pedra. O funil do céu acima dele ficou de um azul mais escuro e surgiram estrelas. Enrolou-se, enfiou as mãos dentro das mangas, e deslizou para o sono. Já era difícil acreditar que tinha conhecido algum neto dos Visagie que tinha tentado transformá-lo em criado pessoal. Dentro de um ou dois dias, disse a si mesmo, ia se esquecer do rapaz e se lembrar só da fazenda.

Pensou nas folhas de abóbora brotando na terra. Amanhã vai ser o último dia delas, pensou: depois de amanhã elas vão murchar, e no dia seguinte vão morrer, enquanto estou aqui nas montanhas. Quem sabe se eu saísse com o nascer do sol e corresse o dia inteiro, não seria tarde demais para salvar as plantinhas, elas e as outras sementes que vão morrer debaixo da terra, sem saber que nunca verão a luz do dia. Havia um cordão de ternura que se estendia dele para o pedaço de terra em torno do açude e que precisava ser cortado. Parecia-lhe que só se pode cortar um cordão desses um determinado número de vezes, senão ele não cresce mais.

Passou o dia em ócio, sentado na boca da caverna, olhando os picos mais distantes nos quais ainda havia restos de neve. Sentiu fome, mas não fez nada a respeito. Em vez de ouvir o chamado do corpo, tentou ouvir o silêncio maior à sua volta. Adormeceu com facilidade e teve um sonho em que estava correndo depressa como o vento ao longo de uma estrada aberta, o carrinho flutuando atrás dele com pneus que mal tocavam o chão.

As encostas do vale eram tão íngremes que o sol não aparecia antes do meio-dia e punha-se atrás dos picos do oeste por volta do meio da tarde. Sentia frio o tempo todo. Então subiu mais alto, ziguezagueando pelas encostas até a estrada do desfiladeiro desaparecer de vista e ele enxergar a vasta planície do Karoo, com a cidade de Prince Albert quilômetros abaixo. Achou uma nova caverna e cortou arbustos para forrar o chão. Pensou: agora decerto cheguei até onde dá para chegar um homem; claro que ninguém vai ser louco de atravessar essas planícies, subir estas montanhas, procurar nestas pedras para me encontrar; claro que no mundo inteiro só eu mesmo sei onde estou, posso pensar em mim mesmo como perdido.

Tudo ficara para trás. Quando acordava de manhã, encarava apenas o grande bloco único do dia, um dia de cada vez. Pensava em si mesmo como um cupim, abrindo seu caminho dentro da rocha. Parecia não existir nada, a não ser viver. Ficava sentado tão quieto que não seria de admirar se passarinhos viessem pousar em seus ombros.

Forçando os olhos, às vezes conseguia identificar o pontinho de um veículo se arrastando pela rua principal da cidade de brinquedo na planície lá embaixo; mas mesmo nos dias mais parados nenhum som chegava até ele, a não ser o caminhar de insetos no chão, o zumbir das moscas que não tinham se esquecido dele, e a pulsação do sangue em seus ouvidos.

Não sabia o que ia acontecer. A história de sua vida nunca tinha sido interessante; sempre havia alguém para lhe dizer o que fazer em seguida; agora não havia ninguém, e o melhor parecia ser esperar.

Seus pensamentos vagaram para o Wynberg Park, um dos lugares onde havia trabalho nos velhos tempos. Lembrou-se das jovens mães que levavam os filhos para brincar nos balanços, e dos casais deitados juntinhos na sombra das árvores, e dos patos marrons da lagoa. Era de se pensar que a grama não parou de crescer no Wynberg Park por causa da guerra, e que as folhas não pararam de cair. Seria sempre preciso haver gente para cortar a grama e varrer as folhas. Mas não tinha mais certeza se escolheria verdes gramados e carvalhos para viver. Quando pensava no Wynberg Park pensava em uma terra mais vegetal que mineral, composta das folhas secas do ano anterior e do ano antes desse e assim até o começo dos tempos, uma terra macia que dava para cavar e nunca chegar ao fim da sua maciez; dava para cavar até o centro da terra em Wynberg Park, e lá no centro seria frio, escuro, úmido e macio. Perdi o meu amor por esse tipo de terra, pensou, não me interessa mais sentir esse tipo de terra nos dedos. Não é mais o verde e o marrom que eu quero, e sim o amarelo e o vermelho; não o molhado, e sim o seco; não o escuro, e sim o claro; não o mole, e sim o duro. Estou virando outro tipo de homem, pensou, se é que existem dois tipos de homem. Se me cortarem, pensou, esticando os pulsos, olhando os pulsos, o sangue não ia mais jorrar e sim pingar, e depois de pingar um pouco, ia secar e sarar. Estou ficando menor, mais duro e mais seco dia a dia. Se eu morresse aqui, sentado na boca da minha caverna, olhando a planície com os joelhos debaixo do queixo, o vento ia me secar em um dia, eu ia ser preservado inteiro, como quem morre afogado em areia no deserto.

Em seus primeiros dias nas montanhas, saía para passear, revirava pedras, mascava raízes e bulbos. Uma vez, quebrou e abriu um formigueiro e comeu as larvas, uma a uma. Tinham gosto de peixe. Mas agora tinha parado de transformar em aventura o comer e beber. Não explorava o seu mundo novo. Não transformou a caverna em lar, nem mantinha registro da passagem dos dias. Não havia nada em que pensar a não ser a vista, toda manhã, da sombra da borda da montanha correndo cada vez mais depressa na direção dele, até, de repente, estar banhado em luz do sol. Ficava sentado ou deitado num estupor na boca da caverna, cansado demais para se mexer, ou talvez apático demais. Havia tardes inteiras que passava dormindo. Imaginou se estaria vivendo no que se chamava de plenitude. Houve um dia de nuvem escura e chuva, depois do qual florzinhas cor-de-rosa brotaram por toda a montanha, flores sem nenhuma folha visível. Comeu punhados de flores e ficou com dor de estômago. Quando os dias ficaram mais quentes, os riachos passaram a correr mais depressa, não sabia por quê. Naquela água fresca da montanha sentia falta do sabor amargo da água de debaixo da terra. Suas gengivas sangravam: ele engolia o sangue.

Quando era criança, K havia passado fome, como todas as crianças do Huis Norenius. A fome os havia transformado em animais, que roubavam do prato dos outros e escalavam o depósito da cozinha para fuçar as latas de lixo em busca de ossos e cascas. Depois, cresceu e a carência passou. Fosse qual fosse a natureza da fera que bramia dentro dele, tinha sido emudecida pela fome. Seus últimos anos no Huis Norenius foram os melhores, quando não havia meninos grandes para atormentá-lo, quando podia se esgueirar para o seu lugar atrás do barracão e ficar sozinho. Um dos professores costumava fazer a classe inteira sentar com as mãos na cabeça, a boca apertada e os olhos fechados, enquanto patrulhava as fileiras com uma grande régua. Para K, com o tempo essa postura foi perdendo o sentido de castigo e passou a ser um caminho para a divagação; lembrava-se de passar tardes quentes sentado, com as mãos na cabeça, com os pombos arrulhando nas seringueiras e o entoar da tabuada vindo de outras salas, batalhando com uma deliciosa modorra. Agora, na frente de sua caverna, ele às vezes trançava os dedos atrás da cabeça, fechava os olhos e esvaziava a mente, sem querer nada, sem esperar nada.

Havia outros momentos em que sua cabeça voltava para o rapaz Visagie em seu esconderijo, onde quer que fosse, no escuro debaixo do assoalho com as fezes de rato, ou trancado num armário no sótão, ou atrás de uma moita na estepe de seu avô. Pensou nas botas bonitas: pareciam um desperdício para quem vivia num buraco.

Passou a ser um esforço não fechar os olhos contra o brilho do sol. Havia uma pulsação que não conseguia evitar; lanças de luz lhe penetravam a cabeça. Então, não conseguia reter mais nada; até a água provocava vômitos. Houve um dia em que estava cansado demais para se levantar de sua cama na caverna; o casaco preto perdeu a quentura e ele tremia sem parar. Ocorreu-lhe que poderia morrer, ele ou seu corpo, era a mesma coisa, que podia ficar ali até o musgo do teto escurecer diante de seus olhos, até sua história terminar com seus ossos se embranquecendo nesse lugar distante.

Levou um dia inteiro para se arrastar montanha abaixo. Estava com as pernas fracas, a cabeça martelando, cada vez que olhava para baixo ficava tonto e tinha de se agarrar na terra até a tontura passar. Quando chegou ao nível da estrada, o vale estava mergulhado em sombra profunda; a última luz estava se apagando quando entrou na cidade. O cheiro de flores de pessegueiro o envolveu. Havia uma voz também, vinda de todos os lados, a voz calma e uniforme que tinha ouvido no primeiro dia em que viu Prince Albert. Parou no início da High Street, entre os jardins verdejantes, incapaz de pronunciar uma palavra, embora ouvisse bem a distante voz monótona que depois de algum tempo misturou-se ao canto dos pássaros nas árvores, e depois deu lugar à música.

Não havia ninguém nas ruas. K preparou sua cama na soleira da porta do escritório da Volkskas, com um capacho de borracha debaixo da cabeça. Quando seu corpo se esfriou, começou a tremer. Dormiu intermitentemente, pressionando os maxilares por causa da dor de cabeça. Uma lanterna o despertou, mas não conseguiu separá-la do sonho em que estava envolvido. Às perguntas da polícia, deu respostas imprecisas, gritos e gemidos. "Não... Não... Não...", disse, as palavras saindo como uma tosse de dentro dos pulmões. Sem entender nada, enojados com seu cheiro, eles o empurraram para dentro da perua, levaram para a delegacia e trancaram numa cela com outros cinco homens, onde ele retomou o tremor e o sono delirante.

De manhã, quando levaram os prisioneiros para se lavar e tomar café, K estava consciente, mas incapaz de ficar de pé. Pediu desculpas para o guarda da porta. "É uma cãibra nas pernas, vai passar", disse. O guarda chamou o oficial de plantão. Durante algum tempo, ficaram olhando a figura esquelética encostada na parede, friccionando a barriga das pernas; depois, juntos, carregaram K até o pátio, onde ele se encolheu diante do sol brilhante, e fizeram sinal para os outros prisioneiros lhe darem comida. K aceitou uma grossa placa de mingau de milho, mas antes mesmo da primeira colherada lhe chegar à boca, começou a vomitar.

Ninguém sabia de onde ele era. Não tinha nenhum documento, nem um cartão verde. No boletim escreveram "Michael Visagie — Sexo masculino — Cútis escura — 40 — Sem residência fixa — Desempregado", acusado de sair de seu distrito legal sem autorização, de não ter em sua posse documento de identificação, de infringir o toque de recolher, de bebedeira e desordem. Atribuindo sua debilidade e incoerência à intoxicação por álcool, permitiram que ficasse no pátio enquanto os outros prisioneiros voltavam para as celas. Depois, ao meio-dia, levaram-no na traseira da perua até um hospital. Lá, removeram sua roupa e ele ficou deitado, nu, sobre um forro de borracha enquanto uma jovem enfermeira o lavava, barbeava e lhe vestia uma camisola branca. Não sentiu nenhuma vergonha. "Me diga uma coisa, eu sempre quis saber, quem é o Príncipe Albert?", perguntou para a enfermeira. Ela não lhe deu atenção. "E quem é Príncipe Alfred? Não tem um Príncipe Alfred também?" Ficou esperando o pano morno e macio tocar seu rosto, de olhos fechados, esperando.

E estava de novo entre lençóis limpos, não na ala principal, mas em um longo anexo de madeira e ferro nos fundos do hospital, que abrigava, pelo que podia ver, apenas crianças e velhos. Balançando desencontradas em longos fios, lâmpadas pendiam das vigas nuas. Havia um tubo saindo de seu braço até um frasco pendurado em um suporte; pelo rabo dos olhos podia ver, se quisesse, o nível baixar hora a hora.

Quando acordou, uma vez, havia uma enfermeira e um policial parados na porta, olhando em sua direção e cochichando. O policial estava com o quepe debaixo do braço.

O sol da tarde brilhava pela janela. Uma mosca pousou em sua boca. Espantou com a mão. Ela girou e voltou a pousar. Ele deixou; sentiu nos lábios o minúsculo toque frio da probóscide dela.

Um atendente entrou com um carrinho. Todo mundo recebeu uma bandeja, menos K. Com o cheiro da comida, sentiu a boca encher-se de saliva. Não tinha bem certeza se queria ser escravo da fome de novo; mas um hospital, parecia, era lugar de corpos, onde os corpos impunham seus direitos.

Caiu a tarde e depois o escuro. Alguém acendeu as luzes, em duas fileiras de três luzes cada. K fechou os olhos e dormiu. Quando abriu os olhos de novo, as luzes ainda estavam acesas. Mas, enquanto estava olhando, elas foram diminuindo e se apagaram. O luar entrou como quatro lâminas de prata através das quatro janelas. Em algum lugar nas proximidades um motor a diesel trepidou. As luzes voltaram fraquinhas. Adormeceu.

De manhã, comeu e reteve o cereal de bebezinho com leite do café da manhã. Sentiu forças para se levantar, mas teve vergonha, até ver um velho fechar um roupão por cima do pijama e sair do quarto. Depois disso, ficou andando de lá para cá ao lado da cama por algum tempo, sentindo-se estranho na camisola comprida.

Na cama ao lado, havia um menino com um coto de braço enfaixado. "O que aconteceu?", K perguntou. O menino virou o rosto e não respondeu.

Se achasse a minha roupa, K pensou, eu iria embora. Mas o armário ao lado da cama estava vazio.

Ao meio-dia, comeu de novo. "Coma enquanto pode", disse o atendente quando lhe trouxe a comida, "a grande fome ainda está para chegar." E seguiu em frente, empurrando o carrinho de comida. Parecia uma coisa estranha de dizer. K ficou olhando enquanto ele trabalhava. Do extremo oposto da ala o atendente sentiu o olhar de K e lhe deu um sorriso misterioso; mas quando voltou para pegar a bandeja não disse mais nada.

O sol batendo no teto de ferro deixava a ala quente como um forno. K ficou deitado com as pernas abertas, cochilando. Numa das vezes em que acordou, o mesmo policial estava parado com a enfermeira ao lado dele. Fechou os olhos; quando abriu, tinham ido embora. Caiu a noite.

De manhã, a enfermeira o pegou e levou para um banco no prédio principal, onde ficou uma hora esperando sua vez. "Como está se sentindo hoje?", perguntou o médico. K hesitou, sem saber o que dizer, e o médico parou de ouvir. Pediu para K respirar e ouviu seu peito. Examinou para ver se tinha doença venérea. Em dois minutos, estava acabado. Escreveu alguma coisa em uma pasta parda em cima da mesa. "Já procurou um médico para ver essa boca?", perguntou enquanto escrevia. "Não", disse K. "Dá para corrigir, sabe?", disse o médico, mas não se ofereceu para fazer a correção.

K voltou para a cama e ficou esperando com as mãos debaixo da cabeça, até que a enfermeira trouxe roupas: cueca, camisa cáqui e short, muito bem passados. "Vista isto aqui", disse ela, e se ocupou de outra coisa. Sentando-se na cama, K vestiu a roupa. O short estava grande demais. Quando se levantou, teve de segurar o cós para não cair. Então, viu o policial na porta. "Está muito grande", disse para a enfermeira. "Não posso ficar com a minha roupa mesmo?" "Pode pegar sua roupa no balcão", disse ela. O policial levou-o pelo corredor até o balcão da recepção, onde se encarregou de um pacote de papel pardo. Não trocaram uma palavra. Havia uma perua azul no estacionamento. K esperou a parte de trás ser destrancada; o asfalto estava tão quente debaixo de seus pés descalços que tinha de ficar dançando.

Achou que ia ser levado de volta para a delegacia, mas em vez disso atravessaram a cidade inteira e rodaram, depois, uns cinco quilômetros por estrada de terra, até um campo na estepe nua. K tinha visto o retângulo ocre de Jakkalsdrif do seu poleiro na montanha, mas pensou que fosse uma obra de construção. Nem por um momento imaginou que podia ser um campo de reassentamento, que as barracas e os barracões de madeira e ferro sem pintar pudessem abrigar pessoas, que em volta pudesse haver uma cerca de três metros que terminava numa linha de arame farpado. Quando desceu da perua segurando o calção, foi sob os olhos de uma centena de reclusos curiosos, adultos e crianças, alinhados junto à cerca de ambos os lados do portão.

Ao lado do portão, havia um barracão pequeno com uma varanda coberta, na qual duas plantas suculentas, verde-acinzentadas, idênticas, cresciam em duas barricas de terra. Na varanda, havia um homem atarracado de uniforme militar. K reconheceu a boina azul do Free Corps. O policial cumprimentou-o e entraram juntos no barracão. Com o pacote embaixo do braço, K foi abandonado à inspeção da turba. Primeiro olhou à distância, depois olhou os pés; não sabia que cara fazer. "Onde você roubou esse calção?", alguém gritou. "Do varal do sargento!", respondeu outra voz, e houve uma gargalhada.

Então, um segundo homem do Free Corps saiu do barracão. Destrancou o portão do campo e conduziu K pelo meio da multidão, atravessando o chão nu da praça de concentração até um dos prédios de madeira e ferro. Estava escuro lá dentro, não havia janelas. Ele indicou um beliche vazio. "Sua casa é aqui de agora em diante", disse. "É a única casa que tem, então conserve limpa." K escalou a cama e se esticou no colchão de espuma de borracha, a menos de um braço estendido do teto de ferro. Na penumbra, no calor sufocante, esperou o guarda sair.

Ficou deitado a tarde inteira em seu beliche, ouvindo os ruídos da vida no campo lá fora. Um bando de meninos entrou em certo momento, correndo e se perseguindo ruidosamente por cima e por baixo dos beliches; quando saíram, bateram a porta. Tentou dormir, mas não conseguiu. Estava com a garganta seca. Pensou no frescor da sua caverna no alto das montanhas, nos riachos que nunca paravam de correr. Aquilo ali era igual ao Huis Norenius, pensou: estou de volta ao Huis Norenius outra vez, só que agora estou velho demais para suportar. Tirou a camisa cáqui e o calção e abriu o pacote, mas as roupas, cujo cheiro costumava ser só o seu próprio cheiro, tinham, no espaço de alguns dias, ficado velhas, fétidas e estranhas. De braços e pernas abertas em cima do colchão quente, de cueca, esperou a tarde passar.

Alguém abriu a porta e entrou na ponta dos pés. K fingiu que estava dormindo. Dedos tocaram seu braço. Recuou ao toque. "Está tudo bem?", perguntou uma voz de homem. Contra o brilho da luz da porta aberta não conseguia distinguir seu rosto. "Tudo bem", disse; as palavras pareciam vir de muito longe. O estranho tornou a sair na ponta dos pés. K pensou: tinham de ter me avisado, eu devia saber que iam me mandar de volta para o meio das pessoas.

Depois, vestiu a roupa cáqui e saiu. O sol estava queimando, não havia nem um sopro de vento. Duas mulheres estavam deitadas juntas num lençol à sombra de uma barraca. Uma estava dormindo, a outra tinha um bebê adormecido ao seio. Deu um sorriso para K; ele sacudiu a cabeça e seguiu. Encontrou a cisterna e bebeu copiosamente. Ao voltar, falou com ela. "Tem algum lugar onde eu possa lavar umas roupas?", perguntou. Ela apontou o banheiro. "Tem sabão?", perguntou. "Tenho", ele mentiu.

No banheiro havia duas pias e dois chuveiros. Queria tomar uma ducha, mas quando experimentou a torneira do chuveiro, não havia água. Lavou o paletó branco do St. John, a calça preta, a camisa amarela e a cueca de elástico frouxo; sentiu prazer em enxaguar e torcer, em ficar de olhos fechados, com os dois braços enfiados até o cotovelo na água fria. Calçou os próprios sapatos. Depois, quando foi pendurar suas roupas no varal, viu a placa pintada na parede: CAMPO DE REALOCAÇÃO JAKKALSDRIF/HORÁRIO DE BANHO/HOMENS DAS 6 ÀS 7 DA MANHÃ/ MULHERES DAS 7H30 ÀS 8H30 DA MANHÃ/A ORDEM É/ECONOMIZE ÁGUA. Acompanhando o encanamento da cisterna, viu que corria por baixo da cerca do campo, até uma bomba em terreno mais alto a uma certa distância.

A mulher com o bebê parou ao vê-lo passar. "Se deixar a roupa aí", avisou, "de manhã elas vão ter sumido." Ele então pegou a roupa molhada de volta e estendeu em cima do beliche.

O sol estava se pondo; havia mais gente circulando agora, e crianças por toda parte. Três velhos estavam jogando cartas na frente do barracão seguinte. Durante algum tempo, ficou olhando.

Contou trinta barracas a espaços regulares no terreno do campo, e sete barracões além do banheiro e das latrinas. Os alicerces para uma segunda ala de barracões estavam feitos, e havia ferros enferrujados espetados no concreto.

Foi andando até o portão. Na varanda da casa de guarda, um dos dois sentinelas do Free Corps estava sentado em uma espreguiçadeira, cochilando, a camisa aberta até a cintura. K encostou a cabeça na tela, querendo que o guarda acordasse. "Por que me mandaram para cá?", queria perguntar. "Quanto tempo tenho de ficar?" Mas o guarda continuou dormindo, e K não teve coragem de gritar.

Foi para o barracão, e do barracão para a cisterna. Não sabia o que fazer consigo. Uma garota veio com um balde para encher, mas parou quando o viu e foi embora. Ele se retirou para a cerca dos fundos do campo e ficou olhando a estepe vazia.

Em um ou dois fogões de pedra entre as barracas havia agora fogos queimando; havia uma agitação de gente indo e vindo; o campo estava se enchendo de vida.

Uma perua azul da polícia chegou numa nuvem de poeira e parou no portão, seguida por um caminhão aberto com homens apertados, de pé, na carroceria. Todas as crianças do campo correram para o portão. O guarda deixou a perua entrar, e ela rodou devagarinho até o quarto barracão, o que tinha chaminé. Duas mulheres desceram e destrancaram o barracão; atrás delas, seguia o motorista da polícia, levando uma caixa de papelão. Dali da cerca dos fundos, K podia ouvir de longe o chiar do rádio da perua. Logo, uma primeira nuvem de fumaça negra apareceu na chaminé.

Os homens do caminhão estavam descarregando feixes de lenha e empilhando do lado de dentro do portão.

O policial voltou para a perua e ficou sentado na cabine, penteando o cabelo. Uma das mulheres, a grande, de calça comprida, apareceu de dentro do barracão e bateu em um triângulo. Antes que a última nota tivesse parado de soar havia uma multidão de crianças se empurrando na porta, levando canecas, pratos ou latas de conserva, e mães com seus bebês. A mulher abriu um espaço e começou a colocar as crianças para dentro duas a duas. K foi até lá e juntou-se à retaguarda da multidão. Quando as crianças saíam, viu que levavam sopa e fatias de pão.

Um menininho deu uma trombada quando ia saindo e derramou a sopa nas pernas. Oscilando o corpo como se tivesse molhado as calças, voltou para a fila. Algumas crianças se sentaram no chão na frente do barracão para comer, outras levaram a refeição para as barracas.

K aproximou-se da mulher da porta. "Desculpe", disse, "pode me dar alguma coisa para comer? Eu não tenho prato. Vim do hospital."

"É só para as crianças", respondeu a mulher, e desviou o rosto.

Ele voltou para seu barracão e vestiu a calça preta, que ainda estava úmida. O calção cáqui, jogou debaixo de um beliche.

Foi falar com o policial da perua. "Onde eu posso conseguir alguma coisa para comer?", perguntou. "Não pedi para vir para cá. Agora onde é que eu arrumo comida?"

"Isto aqui não é cadeia", disse o policial, "é um campo, você trabalha para comer, você e todo mundo que está aqui."

"Como eu posso trabalhar se estou trancado? Cadê o trabalho que eu tenho de fazer?"

"Vá se foder", disse o policial. "Pergunte para os seus amigos. Quem você pensa que é para viver de graça?"

Era melhor nas montanhas, K pensou. Era melhor na fazenda, era melhor na estrada. Era melhor na Cidade do Cabo. Pensou no barracão escuro e quente, nos estranhos deitados muito perto dele em seus beliches, no ar pesado de escárnio. Era como voltar à infância, pensou: como um pesadelo.

Havia mais fogos acesos agora, e um cheiro de comida, até

de carne grelhando. A mulher de calça comprida chamou-o para a cozinha e entregou-lhe um balde de plástico. "Lave isto aqui", disse, "e ponha ali dentro. Tranque a porta. Sabe como funciona um cadeado?" K sacudiu a cabeça. Havia uma camada de sopa endurecida no fundo do balde. As duas mulheres entraram na perua com o policial; quando foram embora, K notou que olhavam fixamente para a frente, como se não houvesse sobrado nada de interessante no campo.

Caiu a noite. Em volta dos fogos, havia grupos comendo e conversando; mais tarde, alguém começou a tocar um violão e houve dança. De início, K se manteve à parte, olhando; depois, sentindo-se bobo, foi e deitou-se em seu beliche no barracão vazio.

Alguém entrou: ele olhou em direção à forma escura que chegou perto. "Quer um cigarro?", disse uma voz. K aceitou o cigarro e sentou-se curvado contra a parede. À luz do fósforo, viu um homem mais velho que ele.

"De onde você é?", perguntou o homem.

"Passei perto da cerca dos fundos agora de tarde", disse K. "Qualquer um pode pular aquilo lá. Até uma criança pula num minuto. Por que as pessoas ficam aqui?"

"Isto aqui não é prisão", disse o homem. "Não ouviu o policial dizer que não é prisão? Aqui é Jakkalsdrif. É um campo. Não sabe o que é um campo? Campo é para gente sem emprego. É para todo mundo que vai de fazenda em fazenda mendigando serviço porque não tem o que comer, não tem um teto para se abrigar. Eles juntam toda gente assim num campo, para não terem de mendigar mais. Você pergunta por que eu não fujo. Mas por que as pessoas sem teto iam querer fugir daqui? Dessas camas macias assim, da lenha grátis, com um homem no portão para não deixar os ladrões entrarem de noite e roubarem seu dinheiro? De onde você é, que não sabe dessas coisas?"

K ficou quieto. Não entendia em quem estavam pondo a culpa.

"Se você pula a cerca", disse o homem, "está saindo do seu local de moradia. Jakkalsdrif é o seu local de moradia agora. Bem-vindo. Se você sai do seu local de moradia, eles te pegam, você é vagabundo. Sem local de residência. Primeira vez, Jakkalsdrif. Segunda vez, Brandvlei. Quer ir para Brandvlei, servidão penal, trabalho forçado, pátio de tijolo, guarda com chicote? Você pula a cerca, eles te pegam, é segunda transgressão, você vai para Brandvlei. Não esqueça. A escolha é sua. E aonde você quer ir afinal?" Baixou a voz. "Quer ir para as montanhas?"

K não sabia o que ele queria dizer. O homem deu-lhe um tapa na perna. "Vamos, venha para a festa", disse. "Viu eles revistando as pessoas no portão? Revistando, procurando bebida. Proibido bebida no campo, é a ordem. Agora venha e tome um trago."

Assim, K deixou-se ir até o grupo reunido em volta do tocador de violão. A música parou. "Este aqui é o Michael", disse o homem. "Veio passar férias em Jakkalsdrif. Vamos dar as boas-vindas a ele." K foi forçado a sentar-se, a aceitar bebida de uma garrafa embrulhada em papel pardo, e bombardeado com perguntas: De onde você é? O que estava fazendo em Prince Albert? Onde foi pego? Ninguém entendia por que havia deixado a cidade e ido para aquela parte solitária do mundo, onde não havia trabalho e onde famílias inteiras eram expulsas das fazendas em que tinham vivido por muitas gerações.

"Estava levando minha mãe para morar em Prince Albert", K tentou explicar. "Ela estava doente, com problema nas pernas. Queria morar no campo, para sair da chuva. Chovia o tempo todo lá onde a gente morava. Mas ela morreu no caminho, em Stellenbosch, no hospital de lá. Aí, ela não chegou a ver Prince Albert. Ela nasceu lá."

"Coitada dela", disse uma mulher. "Mas não tem Assistência Social na Cidade do Cabo?" Não esperou a resposta de K. "Não tem Assistência Social aqui. Isto aqui é a nossa Assistência Social." Fez um gesto de braço para indicar o campo.

K continuou. "Aí, eu trabalhei na estrada de ferro", disse. "Ajudei a livrar a linha quando teve uma queda de barreira. Aí, vim para cá."

Houve um silêncio. Agora tenho de falar das cinzas, K pensou, para completar, para a história ficar contada inteira. Mas descobriu que não podia, pelo menos não ainda. O homem com o violão começou a dedilhar uma nova melodia. K sentiu a atenção do grupo se desviar dele para a música. "Não tem Assistência Social na Cidade do Cabo também, não", disse. "Suspenderam a Assistência Social." A barraca ao lado brilhou, iluminada por uma vela acesa dentro; silhuetas se deslocavam contra as paredes maiores que a vida. Ele se reclinou e olhou as estrelas.

"Estamos aqui já faz cinco meses", disse uma voz a seu lado. Era o homem do barracão. Seu nome era Robert. "Minha mulher, meus filhos, três meninas e um menino, minha irmã e os filhos dela. Eu trabalhava perto de Klaarstroom, numa fazenda. Trabalhei lá muito tempo, doze anos. Aí, de repente não tinha mais mercado de lã. Começaram então com o sistema de cotas, só um tanto de lã por fazendeiro. Depois, fecharam a única estrada para Oudtshoorn, e depois a outra, depois abriram as duas, aí fecharam de vez. Aí, um dia ele veio falar comigo, esse fazendeiro, e disse: 'Tenho de dispensar você. Muitas bocas para alimentar, não tenho recursos'. 'E para onde eu vou?', eu disse, 'sabe que não tem emprego.' 'Sinto muito', ele disse, 'não é nada pessoal, só que eu não tenho mais recursos.' Aí, ele me dispensou, eu e minha família, e ficou com um homem que estava lá fazia pouco tempo, um rapaz, solteiro. Só uma boca para alimentar, para isso ele tinha dinheiro. Eu disse para ele: 'Agora não tenho trabalho, que recurso tenho eu?'. Bom, a gente empacotou tudo e foi embora. E na estrada, sem mentira, *na estrada* a polícia pegou a gente, ele tinha telefonado para a polícia, pegaram a gente e nessa mesma noite a gente estava aqui em Jakkalsdrif, atrás do arame. 'Sem residência fixa.' Eu falei para eles: 'Noite passada eu tinha residência fixa, como é que hoje o senhor já sabe que eu não tenho residência fixa?'. Eles disseram: 'Onde você prefere dormir, ao ar livre, debaixo de uma moita feito um bicho, ou num campo com cama de verdade e água corrente?'. Eu falei: 'E eu tenho escolha?'. Eles disseram: 'Tem escolha e escolhe Jakkalsdrif. Porque nós não vamos deixar gente vagando por aí, criando problema'. Mas eu te conto o verdadeiro motivo, eu te conto por que eles pegaram a gente tão depressa. Eles queriam evitar que as pessoas sumissem nas montanhas e depois voltassem uma noite para cortar a cerca e levar o rebanho embora. Sabe quantos homens tem neste campo, homens novos?" Ele se inclinou na direção de K e baixou a voz. "Trinta. Com você trinta e um. E sabe quantas mulheres e crianças, e velhos? Olhe em volta, conte você mesmo. Eu pergunto para você, onde estão os homens que não estão aqui com suas famílias?"

"Eu estava nas montanhas", disse K. "Não vi ninguém."

"Mas você pergunte para qualquer dessas mulheres onde estão os homens delas e elas respondem: 'Ele arrumou um emprego, me manda dinheiro todo mês', ou: 'Ele fugiu, me deixou'. Então, quem sabe?"

Houve um longo silêncio. Uma pequena luz atravessou cintilando o céu. K apontou. "Uma estrela cadente", disse.

Na manhã seguinte, K foi trabalhar. A Administração das Ferrovias tinha convocado primeiro os homens de Jakkalsdrif, depois os do Conselho Divisional de Prince Albert, seguidos dos camponeses locais. O caminhão veio buscá-los às seis e meia, e por volta das sete e meia estavam trabalhando a norte de Leeu-

-Gamka, limpando o mato em volta das margens, rio abaixo e rio acima a partir da ponte ferroviária, cavando buracos e preparando cimento para uma cerca de segurança. Era trabalho duro; no meio da manhã, K estava sem forças. O tempo que passei nas montanhas me transformou num velho, pensou.

Robert parou ao lado dele. "Antes de se arrebentar, meu amigo", disse ele, "lembre-se do que estão pagando. É diária de tabela, um rand por dia. Eu ganho um rand e cinquenta porque tenho dependentes. Então, não se mate, não. Vá dar uma mijada. Acabou de sair do hospital, ainda não está bom."

Depois, quando chegou a pausa do meio-dia, ele ofereceu a K um dos seus sanduíches e se esticou ao lado dele na sombra de uma árvore. "Com seus cinco, seis rands por semana", disse, "tem de comprar sua comida. O campo é só um lugar para dormir. As moças da ACVV, você viu elas ontem, elas vêm três vezes por semana, mas é obra de caridade só para as crianças. Minha mulher está empregada na cidade, três meios períodos por semana, de doméstica. Ela leva o bebê junto e deixa as outras crianças com minha irmã. Então, a gente ganha aí uns doze rands por semana, talvez. Com isso a gente tem de alimentar nove pessoas: três adultos e seis crianças. Tem outros que estão pior. Quando não tem trabalho, azar, a gente senta atrás da cerca e aperta o cinto."

"Agora, o dinheiro que você ganha, só tem um lugar para gastar, e é em Prince Albert. E quando você entra na loja em Prince Albert, de repente os preços sobem. Por quê? Porque a gente é do campo. Eles não querem o campo tão perto da cidade. Nunca quiseram. Fizeram uma grande campanha contra o campo no começo. Disseram que a gente ia provocar doenças. Sem higiene, sem moral. Um antro de vícios, homens e mulheres juntos. Do jeito que eles falaram, precisava ter uma cerca no meio do campo, homens de um lado, mulheres do outro, cachorros patrulhando de noite. O que eles queriam mesmo, é o que eu acho, era que o campo ficasse a quilômetros daqui, no meio do Koup, longe das vistas. Então a gente viria na ponta do pé no meio da noite feito fada, para trabalhar para eles, cuidar do jardim, lavar as panelas, e iria embora de manhã deixando tudo limpo e bonito.

"Quer saber quem é a favor do campo? Eu te digo. Primeiro, as Ferrovias. As Ferrovias iam gostar de ter um Jakkalsdrif a cada dez quilômetros de estrada. Segundo, os fazendeiros. Porque de um grupo de Jakkalsdrif o fazendeiro tira barato o sangue de um dia de trabalho, e no fim do dia o caminhão pega os homens e leva embora e ele não precisa se preocupar com eles nem com as famílias deles, podem morrer de fome, podem passar frio, ele nem fica sabendo, não tem nada a ver com isso."

Um pouco afastado, onde não dava para ouvir, estava sentado o capataz do grupo, num banquinho desmontável. K ficou olhando ele servir café da garrafa térmica. Seus dedos largos e compridos não encontravam lugar na orelha da caneca. Com dois dedos levantados no ar, o homem bebeu. Por cima da beira da caneca, os olhos dele encontraram os de K. O que ele está vendo?, K pensou. O que eu sou para ele? O capataz pousou a caneca, levou o apito à boca e, ainda sentado, deu um longo sopro.

Depois, nessa tarde, quando estava cortando com o machado a raiz de um espinheiro, esse mesmo capataz veio e ficou parado atrás dele. Olhando por baixo do braço, viu dois sapatos pretos e o bastão de palha batendo a poeira, e sentiu o tremor do velho nervosismo. Continuou cortando, mas não tinha força nos braços. Só quando o capataz se afastou foi que começou a se controlar.

À noite, estava cansado demais para comer. Levou o colchão para fora e ficou deitado olhando as estrelas aparecerem uma a uma no céu roxo. Então, alguém a caminho das latrinas tropeçou nele. Houve uma confusão, da qual ele recuou. Levou o colchão de volta para o barracão, deitou no beliche no escuro debaixo das placas do forro.

Sábado era dia de pagamento e veio o caminhão do comissariado. No domingo, um pastor visitou o campo e fez um culto de orações, depois do qual os portões ficaram abertos até o toque de recolher. K compareceu ao culto. Parado entre as mulheres e crianças, ele cantou junto. Então, o pastor baixou a cabeça e rezou. "Que a paz retorne aos nossos corações, ó Senhor, e permita que voltemos a nossas casas sem guardar rancor por homem algum, resolvidos a viver juntos em harmonia em Seu nome, obedecendo a Seus mandamentos." Depois, conversou com alguns velhos, subiu na perua azul que estava esperando por ele no portão e foi embora.

Agora, estavam livres para ir até Prince Albert, ou visitar amigos, ou simplesmente dar um passeio na estepe. K viu uma família de oito pessoas, o marido e a mulher na sobriedade de sua melhor roupa preta, as meninas de vestido rosa e branco com chapéus brancos, os meninos de ternos cinzentos e gravatas, com os pés apertados em sapatos pretos brilhantes, descendo a longa estrada até a cidade. Vieram outros: um bando de meninas, rindo, de braços dados; o homem do violão junto com a irmã e a namorada. "Por que a gente não vai?", sugeriu K para Robert. "Deixe os mais novos irem, se quiserem", Robert replicou. "O que tem de especial em Prince Albert no domingo? Já vi tudo antes, não tem nada para mim. Vá com eles se quiser. Compre um refrigerante e sente na frente do café, coçando suas picadas de pulga. Não tem mais nada para fazer. O que eu acho é que se a gente está preso, a gente está preso, não vamos fingir."

Mesmo assim, K saiu do campo. Foi passeando pelo Jakkalsrivier até não dar mais para ver a cerca, os barracões e a bomba. Aí, deitou-se na areia quente e cinzenta com a boina no rosto e adormeceu. Acordou suando. Levantou a boina e apertou os olhos contra o sol. O sol enchia o céu inteiro, formando um arco-íris em seus cílios. Sou que nem uma formiga que não sabe onde está seu formigueiro, pensou. Enfiou as mãos na areia e deixou que escoasse entre os dedos várias e várias vezes.

O bigode que tinham raspado no hospital estava começando a cobrir seu lábio de novo. Mesmo assim, achava difícil ficar à vontade com Robert e sua família em torno do fogo, com os olhos das crianças em cima dele o tempo inteiro. Havia um menino em particular que o perseguia onde quer que ficasse, grudado em sua cara. A mãe, envergonhada, levava o menino embora, e ele passava a espernear e chorar para escapar até K não saber o que fazer, nem para onde olhar. Desconfiava que as meninas mais velhas riam dele pelas costas. Nunca soubera se comportar com mulheres. As senhoras da Vrouevereniging, talvez por ele ser tão magro, talvez por terem resolvido que era um simplório, permitiam regularmente que limpasse o balde de sopa: três vezes por semana era essa a sua refeição. Deu metade do seu pagamento para Robert e andava para todo lado com a outra metade no bolso. Não havia nada que quisesse comprar; nunca ia à cidade. Robert ainda cuidava dele de diversas maneiras, mas poupava-o dos discursos sobre o campo. "Nunca vi ninguém ter tanto sono como você", Robert disse. "É", K respondeu, surpreso de Robert também ter notado.

O trabalho em volta da ponte terminou. Durante dois dias, os homens ficaram sem serviço, então o caminhão do Conselho veio buscá-los para fazer nivelamento de estrada. K entrou na fila com os outros homens, mas no último momento não quis embarcar no caminhão. "Estou doente, não posso trabalhar", disse ao guarda. "Faça como quiser, mas não vai receber", disse o guarda.

Então, K levou o colchão para fora e ficou deitado na sombra junto ao barracão, com um braço em cima da cabeça, enquanto o campo vivia sua vida em torno dele. Ficou tão quieto que as crianças menores, que primeiro mantiveram distância, acabaram por acordá-lo e, quando se recusou a acordar, incorporaram seu corpo na brincadeira. Escalavam por cima dele e caíam em cima dele como se fizesse parte da terra. Ainda escondendo o rosto, ele rolou e descobriu que conseguia dormir até com aqueles corpinhos montados nas suas costas. Descobriu um prazer inesperado nesses jogos. Sentia como se estivesse absorvendo saúde do toque das crianças; lamentou quando os homens do Conselho chegaram para espalhar cal nos buracos das latrinas e elas foram correndo olhar.

K falou com o guarda pela cerca: "Posso sair?".

"Pensei que estava doente. Hoje de manhã, você disse que estava doente."

"Não quero ir trabalhar. Por que tenho de trabalhar? Isto aqui não é cadeia."

"Não quer trabalhar, mas quer que os outros te deem comida."

"Não preciso comer o tempo inteiro. Quando eu precisar comer, eu trabalho."

O guarda estava sentado na espreguiçadeira na varanda da minúscula casinha de guarda, com o rifle encostado na parede ao seu lado. Sorriu para a distância.

"Então, pode abrir o portão?", perguntou K.

"O único jeito de sair é com o grupo de trabalho", disse o guarda.

"E se eu pular a cerca? O que você faz se eu pular a cerca?"

"Se você pular a cerca, eu te dou um tiro, juro por Deus que não vou pensar duas vezes, portanto não tente."

K acariciou a tela de arame como quem avalia o risco.

"Deixe eu te dizer uma coisa, meu amigo", disse o guarda, "para o seu próprio bem, porque você é novo aqui. Se eu deixar você sair agora, dentro de três dias você vai estar de volta, implorando para entrar. Eu sei. Em três dias. Vai parar aqui no portão com lágrimas nos olhos, implorando para mim para deixar você voltar. Por que você quer fugir? Tem casa aqui, tem boa comida, tem uma cama. Tem trabalho. As pessoas estão enfrentando a maior dureza aí fora, no mundo, você já viu, não preciso dizer. Por que você quer se juntar a eles?"

"Não quero ficar aqui no campo, só isso", disse K. "Deixe eu pular a cerca e ir embora. Vire a cara. Ninguém vai perceber que eu fui embora. Você não sabe nem quantas pessoas tem aqui."

"Se subir na cerca, eu atiro e mato, senhor. Sem maldade. Só estou avisando."

Na manhã seguinte, K ficou na cama quando os outros homens foram para o trabalho. Mais tarde, foi ao portão de novo. O mesmo guarda estava de serviço. Ele e K falaram de futebol. "Eu tenho diabetes", disse o guarda. "Por isso nunca me mandam para o norte. Faz três anos agora que estou no serviço de escritório, almoxarifado, guarda. Você acha que é ruim o campo, experimente ficar aqui sentado doze horas por dia, sem nada para fazer, a não ser olhar os espinheiros. Mesmo assim, vou dizer uma coisa, meu amigo, e é verdade: o dia em que eu receber ordem de ir para o norte, eu saio. Eles nunca vão me ver de novo. Essa guerra não é minha. Eles que lutem a guerra deles."

Quis saber sobre a boca de K ("Só por curiosidade", disse) e K contou. Ele sacudiu a cabeça. "Foi o que eu pensei. Mas aí achei que alguém podia ter te cortado."

Dentro da casa de guarda, tinha uma pequena geladeira a querosene. Tirou de lá um almoço frio de galinha e pão, que repartiu com K, passando a comida pela tela. "A gente até que vive bem, acho", disse, "levando em conta que há uma guerra." Deu um meio sorriso.

Falou das mulheres do campo, das visitas que ele e seu colega recebiam de noite. "Elas estão com fome de sexo", disse. Então bocejou e voltou para a espreguiçadeira.

– Na manhã seguinte, K foi sacudido por Robert. "Se vista, tem de ir trabalhar", Robert disse. K empurrou o braço dele. "Vamos", Robert disse, "hoje eles querem todo mundo, sem exceção, sem discussão, vai ter de ir." Dez minutos depois, K estava do lado de fora do portão, no vento frio da manhã cedinho, sendo contado, esperando o caminhão. Foram levados pelas ruas de Prince Albert e depois na direção de Klaarstroom; pegaram uma estrada de fazenda, passando por uma casa de fazenda esparramada na sombra, e pararam ao lado de um viçoso campo de alfafa, onde dois reservistas da polícia com braçadeiras e rifles estavam esperando. Assim que desceram, receberam foices de um trabalhador rural que não falou nem olhou para a cara deles. Apareceu um homem alto, de calça cáqui recém-passada. Levava uma foice. "Vocês todos sabem usar uma foice", disse, alto. "Têm duas manhãs para cortar. Então, vão em frente!"

Enfileirados à distância de três passos, os homens começaram a trabalhar no campo, curvando o corpo, pegando, cortando, dando meio passo à frente, num ritmo que logo deixou K suado e tonto. "Corte direito, corte direito!", berrou uma voz atrás de K. Ele se virou e olhou na cara o fazendeiro de cáqui. Dava para sentir o desodorante adocicado que estava usando. "Onde você foi criado, macaco?", gritou o fazendeiro. "Corte rente, corte direito!" Pegou a foice da mão de K, empurrou-o, juntou o tufo de alfafa seguinte e cortou rente e direito. "Viu?", berrou. K sacudiu a cabeça. "Então faça, rapaz, faça!", gritou. K inclinou-se e cortou o tufo seguinte bem rente ao chão. "Não sei de onde tiram uma porcaria dessas", ouviu o fazendeiro dizer para um dos reservistas. "Parece que está meio-morto! Na próxima vez vão desenterrar mortos para a gente!"

"Não aguento continuar!", K disse para Robert no primeiro intervalo. "Minhas costas estão doendo, toda vez que endireito o corpo o mundo gira."

"Vá devagar", disse Robert. "Eles não podem forçar você a fazer o que não consegue."

K olhou a faixa irregular que havia cortado.

"Quer saber quem é esse?", murmurou Robert. "Esse cara é cunhado do capitão de polícia Oosthuizen. A máquina dele quebra, o que acontece? Ele pega o telefone, liga para a delegacia, e logo de manhã cedinho tem trinta pares de braços para cortar a alfafa para ele. É assim que funciona aqui, o sistema."

Acabaram de cortar o campo na quase escuridão, deixando o enfardamento para o dia seguinte. K estava cambaleando de exaustão. Sentado no caminhão, fechou os olhos e parecia que estava sendo jogado em um espaço vazio e sem fim. De volta ao barracão, caiu em sono pesado. No meio da noite foi despertado por um choro de bebê. Houve um murmúrio de descontentamento à volta dele: todo mundo parecia ter acordado. Durante o que lhe pareceu horas, ficou deitado ouvindo o bebê que, em algum lugar nas barracas, passava por ciclos de choramingo, choro e berros que o deixavam quase sem fôlego. Louco para dormir, K sentiu a raiva crescendo dentro dele. Ficou deitado com os punhos fechados no peito, desejando que a criança fosse aniquilada.

Na carroceria do caminhão, com o vento rugindo em cima deles, K mencionou o choro da noite. "Quer saber como foi que acabaram calando a boca daquela criança?", perguntou Robert. "Conhaque. Conhaque e aspirina. É o único remédio. Não tem médico no campo, nem enfermeira." Fez uma pausa. "Deixe eu contar o que aconteceu quando eles abriram o campo, quando abriram o novo abrigo que tinham construído para todas as pessoas sem teto, para os posseiros de Boontjieskraal e do Onderdorp, os mendigos das ruas, os desempregados, os vagabundos que dormem na montanha, as pessoas expulsas das fazendas. Nem um mês depois que abriram os portões, estava todo mundo doente. Disenteria, depois sarampo, depois gripe, uma coisa em cima da outra. De ficarem presos como bichos numa jaula. A enfermeira do distrito vinha, e sabe o que fazia? Pergunte para qualquer um que estava lá, eles contam. Ela ficava no meio do campo onde dava para todo mundo ver, e chorava. Olhava as crianças com os ossos espetados no corpo e não sabia o que fazer, então só ficava ali parada, chorando. Uma mulher grande e forte. Uma enfermeira distrital."

"Bom", disse Robert, "eles levaram um grande susto. Depois disso, começaram a jogar comprimidos na água e a cavar latrinas e passar spray contra mosquito e trazer baldes de sopa. Mas acha que fazem isso porque gostam de nós? Nem pense nisso. Eles preferem que a gente viva porque a gente fica muito feio quando pega doença e morre. Se a gente só emagrecesse, virasse papel, depois cinzas e desaparecesse flutuando, eles não davam porra nenhuma para a gente. Eles só não querem problema. Querem dormir se sentindo bem."

"Não sei", disse K. "Não sei."

"É que você não olha direito", disse Robert. "Dê uma boa olhada no coração deles que você vê."

K encolheu os ombros.

"Você é uma criança", disse Robert. "Passou a vida inteira dormindo. Está na hora de acordar. Por que você acha que eles dão caridade para o sujeito e para os filhos do sujeito? Porque acham que você é inofensivo, que seus olhos não estão abertos, que você não enxerga a verdade à sua volta."

Dois dias depois, o bebê que chorava de noite estava morto.

Como havia uma férrea norma de que em nenhuma circunstância se poderia estabelecer um cemitério dentro ou nas proximidades de qualquer campo de qualquer tipo, a criança foi enterrada no bloco dos fundos do cemitério da cidade. A mãe, uma menina de dezoito anos, voltou do enterro e recusou-se a comer. Não chorou, apenas ficou em sua barraca, olhando na direção de Prince Albert. Ela não ouvia os amigos que vinham consolar; quando a tocavam, repelia suas mãos. Michael K passou horas encostado na cerca onde ela não podia enxergá-lo, vigiando. É isso que eu tenho de aprender?, pensou. Será que afinal estou aprendendo como é a vida num campo? Pareceu-lhe que cena após cena a vida passou diante dele e que as cenas todas tinham conexão. Teve um pressentimento de um único significado para o qual todas elas convergiam ou ameaçavam convergir, embora ainda não soubesse qual poderia ser.

Durante uma noite e um dia, a menina manteve a vigília, depois se retirou para dentro da barraca. Ainda não tinha chorado, foi o que correu, nem comido. A primeira coisa que K pensava de manhã era: Será que vou ver a moça hoje? Era baixa e gorda; ninguém sabia direito quem era o pai da criança, embora comentassem que estava sumido nas montanhas. K imaginou se finalmente estaria apaixonado. Então, depois de três dias, a menina reapareceu e retomou sua vida. Olhando para ela no meio das pessoas, K não conseguiu detectar nenhum sinal de que fosse diferente dos outros. Nunca falou com ela.

Uma noite, em dezembro, acordadas por gritos nervosos, as pessoas do campo saíram da cama para observar no horizonte, na direção de Prince Albert, uma vasta e bela flor alaranjada se abrir no negrume do céu. Houve suspiros e assobios de assombro. "Aposto que é a delegacia!", alguém gritou. Durante uma hora ali ficaram, olhando, enquanto o fogo jorrava como uma fonte que consumia e era consumida. Havia momentos em que tinham certeza de ouvir berros e gritos, e o rugir das chamas através de quilômetros de estepe vazia. Depois, gradativamente, a flor ficou mais vermelha e menos brilhante, a fonte perdeu a força, até que, afinal, com algumas crianças dormindo no colo e outras esfregando os olhos, sem mais nada para ver além de um fumacento refulgir à distância, era hora de ir para a cama.

A polícia apareceu ao amanhecer. Em um esquadrão de vinte, policiais normais e colegiais reservistas, com cachorros e armas, e um oficial de pé no teto da perua gritando comandos por um megafone, deslocaram-se entre as fileiras, puxando os grampos, desmontando as barracas, espancando as formas que esperneavam dentro delas. Invadiram os barracões e espancaram as pessoas que dormiam em suas camas. Um rapaz que escapou deles e fugiu acabou encurralado em um canto atrás das latrinas e foi chutado até desmaiar; um menininho foi derrubado por um cachorro e resgatado gritando de susto, com o couro cabeludo lacerado e sangrando. Semidespidos, alguns chorando, alguns rezando, alguns tontos de medo, homens, mulheres e crianças foram reunidos no terreno aberto na frente dos barracões e receberam ordem de sentar no chão. Dali, sob o olhar dos cachorros e sob a mira das armas, viram quando o resto do esquadrão se deslocou como uma nuvem de gafanhotos pela linha de barracas, virando-as pelo avesso, jogando no aberto tudo o que elas continham, esvaziando malas e caixas, até o lugar ficar parecendo um depósito de lixo com roupas, lençóis, comida, objetos de cozinha, louça e objetos de toalete espalhados por toda parte; depois de algum tempo, foram para os barracões e armaram um caos lá também.

Enquanto tudo isso acontecia, K ficou sentado com a boina enfiada em cima dos ouvidos protegendo-se do vento da manhã. A mulher ao lado dele tinha um bebê chorando de bunda de fora e duas menininhas que se agarravam forte nela, uma em cada braço. "Venha e sente aqui comigo", K cochichou para a menina menor. Sem tirar os olhos da destruição que se abatia sobre eles, ela passou por cima da perna dele e colocou-se no círculo protetor de seus braços, chupando o polegar. A irmã juntou-se a ela. As duas ficaram bem apertadinhas; K fechou os olhos; o bebê continuou a chutar e choramingar.

Foram obrigados a formar uma fila e sair um por um. Tudo o que tinham com eles foram forçados a deixar para trás, até os cobertores que alguns haviam enrolado em cima da roupa de dormir. Um que estava com um cachorro arrancou um pequeno rádio da mão de uma mulher à frente de K: jogou no chão e pisou em cima. "Sem rádio", explicou.

Fora do portão, os homens foram reunidos à esquerda, as mulheres e as crianças à direita. Os portões foram trancados e o campo ficou vazio. Então, o capitão, aquele homem loiro e grande que havia gritado ordens, trouxe os dois guardas do Free Corps para olhar os homens enfileirados contra a cerca. Os guardas estavam desarmados e desarrumados: K imaginou o que teria acontecido na casinha da guarda. "Agora", disse o capitão, "digam quem está faltando."

Faltavam três homens, três homens que dormiam em outro barracão, com quem K nunca tinha trocado nem uma palavra.

O capitão estava gritando com os guardas, que estavam em posição de sentido na frente dele. Primeiro, K achou que ele gritava porque estava acostumado com o megafone; mas logo a raiva por trás dos gritos ficou clara demais para não se notar. "O que estamos guardando aqui no nosso quintal!", gritou ele. "Um ninho de criminosos! Criminosos, sabotadores e vagabundos! E vocês! Vocês dois! Vocês comem, dormem e engordam e de um dia para outro não sabem onde estão as pessoas que têm de guardar! O que acham que estão fazendo aqui, cuidando de um campo de férias? É um campo de trabalho, homens! Um campo para ensinar gente preguiçosa a trabalhar. *Trabalhar!* E se não trabalharem nós fechamos o campo! Fechamos e acabamos com todos esses vagabundos! Vão embora e não voltem! Vocês perderam a chance!" Virou-se para o grupo de homens. "É, vocês, vocês, seus ingratos filhos da puta, vocês, estou falando de vocês!", berrou. "Vocês não agradecem nada! Quem construiu casas para vocês quando não tinham onde morar? Quem fornece barracas e cobertores quando vocês estão tremendo de frio? Quem cuida da saúde de vocês, quem olha por vocês, quem vem aqui dia após dia trazendo comida? E como vocês nos retribuem? Bom, de agora em diante, podem morrer de fome!"

Respirou fundo. Por cima de seu ombro, o sol fez sua aparição como uma bola de fogo. "Estão ouvindo?", gritou. "Quero todo mundo me ouvindo! Vocês querem guerra, pois vai ser guerra! Estou colocando os meus homens de guarda aqui, foda-se o Exército!, estou colocando os meus homens de guarda, e vou trancar os portões, e se meus homens pegarem qualquer um de vocês, homem, mulher ou criança, fora da cerca, têm ordem de atirar sem fazer perguntas! Ninguém sai do campo a não ser em missão de trabalho. Sem visita, sem passeio, sem piquenique. Chamada de manhã e de noite, com todo mundo presente para responder. Já chega de ser bonzinho com vocês."

"Vou trancar estes dois macacos com vocês!" Levantou um braço e apontou dramaticamente para os dois guardas, ainda em posição de sentido. "Estou trancando os dois para ensinar a eles quem manda aqui! Vocês! Acham que eu não estava de olho em vocês dois? Acham que eu não sei a boa vida que vocês levam? Acham que eu não sei a fodeção de boceta que acontece aqui quando deviam estar de guarda?" Essa ideia pareceu inflamá-lo ainda mais, porque de repente virou, marchou até a casa de guarda e um momento depois reapareceu na porta com a geladeirinha branca apertada na barriga. Seu rosto estava vermelho de esforço; o quepe roçou no batente da porta e caiu. Ele deu um passo até a beira da varanda, levantou a geladeira o mais alto que pôde, e jogou no chão. O aparelho fez barulho quando caiu e começou a vazar querosene do motor. "Estão vendo?", resfolegou. Virou a geladeira de lado. A porta se abriu e com um estalo vomitou uma garrafa de um litro de refrigerante de gengibre, um pote de margarina, um cordão de salsichas, pêssegos e cebolas soltas, uma garrafa plástica e cinco garrafas de cerveja. "Estão vendo!", resfolegou de novo, os olhos fuzilando.

Durante toda a manhã, ficaram sentados ao sol enquanto dois jovens policiais e um ajudante de camiseta azul com o letreiro SAN JOSE STATE no peito e nas costas investigava, com submissa lentidão, o monte de entulho. Nos barracões encontraram esconderijos de bebida, que esvaziaram na terra. Jogaram numa pilha todas as armas que encontraram: uma *kierie*, uma barra de ferro, um pedaço de cano, uma tesoura de tosquiar, diversos canivetes. Então, ao meio-dia, declararam encerrada a busca. A polícia tocou os reclusos de volta, trancou os portões, e poucos minutos depois se retirou, deixando para trás dois dos seus, que ficaram toda a tarde sentados debaixo do toldo, olhando o pessoal de Jakkalsdrif vasculhar a bagunça em busca de seus pertences.

Depois, descobriram com um dos novos guardas o que havia atraído a ira de Oosthuizen sobre eles. No meio da noite, ocorrera uma forte explosão na oficina de solda da High Street, seguida de um incêndio incontrolável, que passou para o prédio vizinho e daí para o museu de história cultural da cidade. O museu, com sua cobertura de sapé, forro e piso de madeira, acabou-se em uma hora, embora parte do equipamento agrícola antigo em exposição no pátio tivesse sido resgatada. Procurando à luz de lanterna no entulho fumegante da oficina de solda, a polícia encontrou provas de arrombamento; e quando um de seus próprios motoristas se lembrou que ao entardecer do dia anterior havia detido três estranhos com bicicletas perto da saída de Jakkalsdrif (ele alertou-os que estavam a ponto de infringir o toque de recolher; eles alegaram que estavam correndo o mais que podiam de volta para Onderdorp, onde moravam; ele não pensou mais no assunto), pareceu claro que havia gente do campo implicada num incêndio culposo na cidade.

Foi um pouco difícil para K juntar seus parcos pertences; mas outros homens dos barracões, que tinham baús ou malas, ficaram vagando pelas ruínas procurando o que era seu. Estourou uma briga por causa de um mero pente de plástico. K se retirou.

Embora fosse quarta-feira, as mulheres da sopa não chegaram. Uma comissão de mulheres foi até o portão, pedir permissão para usar o fogão da cozinha do campo; mas os guardas alegaram que não tinham a chave. Alguém, talvez uma criança, jogou uma pedra na janela da cozinha.

O caminhão tampouco veio no dia seguinte para pegar o grupo de trabalho. No meio da manhã, os guardas da polícia foram trocados por dois novos homens. "Vão matar a gente de fome", disse Robert, alto o bastante para os outros ouvirem. "Aquele incêndio foi a desculpa que estavam esperando. Agora vão fazer o que sempre quiseram: trancar a gente e esperar que a gente morra."

De pé, encostado na cerca, olhando a estepe, K ficou matutando nas palavras de Robert. Não achava mais tão estranho pensar no campo como um lugar onde as pessoas eram depositadas para ser esquecidas. Não parecia mais acaso que o campo ficasse fora da área de visão da cidade, em uma estrada que não levava a nenhum outro lugar. Mas ainda não conseguia acreditar que os dois jovens pudessem ficar sentados, olhando tranquilamente, bocejando, fumando, entrando de vez em quando para tirar um cochilo, enquanto havia gente morrendo diante dos seus olhos. Quando as pessoas morriam, deixavam os corpos para trás. Até pessoas que morriam de fome deixavam corpos para trás. Corpos mortos podiam ser tão ofensivos quanto corpos vivos, se fosse verdade que um corpo vivo podia ser ofensivo. Se essas pessoas realmente querem se livrar de nós, pensou (curiosamente, viu o pensamento começar a se desdobrar dentro da sua cabeça, como uma planta crescendo), se quisessem realmente esquecer da gente para sempre, iam nos dar pás e picaretas e mandar a gente cavar; então, quando a gente estivesse exausto de cavar, e já tivesse feito um buraco bem grande no meio do campo, mandavam a gente entrar dentro e deitar; e quando a gente estivesse deitado lá, nós todos, iam ter de destruir os barracões, as barracas e botar abaixo a cerca, e jogar os barracões, a cerca, as barracas além de tudo o que a gente tinha em cima da gente, e cobrir com terra, e aplainar a terra. Aí, quem sabe, eles podiam começar a esquecer da gente. Mas quem consegue cavar um buraco tão grande assim? Nem trinta homens, mesmo com as mulheres, as crianças e os velhos ajudando, não no estado em que a gente está, só com pás e picaretas aqui, na estepe dura feito pedra.

Parecia mais coisa do Robert do que dele, pelo que conhecia de si mesmo, pensar uma coisa dessas. Será que devia dizer que a ideia era de Robert e tinha só achado abrigo dentro dele, ou poderia dizer que embora a semente tivesse vindo de Robert, a ideia, tendo crescido dentro dele, agora era dele? Não sabia.

Então, na segunda-feira de manhã, o caminhão do Conselho Divisional chegou como sempre para levá-los ao trabalho. Antes de embarcarem, os guardas checaram seus nomes em uma lista; a não ser por isso, nada parecia ter mudado. Foram desembarcados em várias fazendas no distrito, de acordo com uma lista em poder do motorista. Junto com dois companheiros,

K se viu no trabalho de consertar cercas. Era trabalho lento, porque não estavam usando arame novo, mas pedaços de arame velho que quando emendados enrolavam nas mais estranhas direções. K gostou do ritmo lento do trabalho e da repetitividade. Chegavam de manhã e iam embora ao anoitecer, uma semana na mesma fazenda, erguendo, alguns dias, não mais que algumas centenas de metros de cerca. Uma vez, o fazendeiro puxou K de lado, deu-lhe um cigarro e elogiou: "Você tem jeito com o arame", disse. "Devia fazer cercas. Tem sempre precisão de um bom fazedor de cerca nesta região, seja como for. Se você tem gado, precisa de cerca; só isso." Ele também adorava arame, continuou. Doía-lhe ter de usar material usado, mas o que mais havia? No fim da semana, pagou aos três homens a taxa-padrão pelo trabalho, mas deu-lhes também pacotes de fruta e milho--verde, e roupas usadas. Para K, tinha um suéter velho, para os outros homens uma caixa de papelão com restos para a mulher e os filhos. Na volta, no caminhão, um dos companheiros de K, fuçando na caixa, encontrou uma calcinha grande, de algodão. Segurou a peça com as pontas dos dedos, torceu o nariz, e jogou. O vento colheu a calcinha e a levou embora. Ele então jogou a caixa inteira pela beirada.

Nessa noite, houve bebida no campo e estourou uma briga. Quando K olhou, um dos homens do Free Corps, aquele que disse que tinha diabetes, estava parado à luz da fogueira apertando a coxa, gritando por socorro. Suas mãos brilhavam de sangue, a perna da calça molhada. "O que vai acontecer comigo?", gritou, e repetiu, repetiu. Dava para ver o sangue jorrando entre os dedos dele, grosso como óleo. As pessoas vieram correndo de todo lado para olhar.

K correu para o portão, onde os dois guardas da polícia estavam espiando na direção da agitação. "Aquele homem foi esfaqueado", gaguejou, "está sangrando, tem de levar para o hospital."

Os guardas trocaram um olhar. "Traga ele aqui", disse um deles, "vamos ver."

K correu de volta. O rapaz ferido estava sentado com a calça no tornozelo, falando sem parar, agarrando a coxa, de onde continuava a jorrar sangue. "Tem de levar até o portão!", K gritou. Era a primeira vez que levantava a voz no campo, e as pessoas olharam para ele com curiosidade. "Levem para o portão, eles vão levar para o hospital!" O homem no chão sacudiu a cabeça vigorosamente. "Me leve para o hospital, olhe como eu estou sangrando!", gritou.

O companheiro dele, o outro guarda do Free Corps, abriu caminho até chegar ao seu lado, trazendo uma toalha que enrolou no ferimento. Alguém cutucou K: era um dos homens dos outros barracões. "Deixe ele aí, eles que se cuidem", falou. A multidão começou a se dispersar. Logo só restavam crianças e K, olhando o rapaz mais novo amarrar a coxa do rapaz mais velho à luz tremulante.

K nunca descobriu quem esfaqueou o guarda ou se ele se recuperou, porque foi a sua última noite no campo. Todo mundo foi indo para a cama, e K, quieto, embrulhou suas coisas no casaco preto, afastou-se, e se instalou atrás da cisterna para esperar até as últimas brasas morrerem, até não ter mais nada para ouvir além do vento da estepe. Esperou mais uma hora, tremendo de ficar sentado quieto tanto tempo. Então tirou os sapatos, pendurou no pescoço, foi na ponta dos pés até a cerca atrás das latrinas, jogou o pacote por cima, e subiu. Em certo momento, montado na cerca, sua calça enganchou numa farpa, e ele se transformou em alvo fácil recortado contra o céu azul-prateado; mas desprendeu-se e se afastou, pé ante pé sobre um chão surpreendentemente parecido com o chão dentro da cerca.

Andou a noite inteira, sem sentir fadiga, tremendo às vezes com a emoção de estar livre. Quando começou a clarear, saiu da estrada e foi pelo campo aberto. Não viu nenhum ser humano, embora mais de uma vez tenha se assustado com antílopes correndo em direção às montanhas para se proteger de caçadores. A grama seca, branca, ondeava ao vento; o céu estava azul; seu corpo transbordante de vigor. Caminhou em grandes círculos, contornando primeiro uma fazenda, depois outra. Era uma paisagem tão vazia que não ficava difícil acreditar às vezes que seu pé era o primeiro a pisar um determinado centímetro de terra ou a deslocar um pedregulho em particular. Mas a cada dois ou três quilômetros havia uma cerca para lembrar que era invasor, além de fugitivo. Passando por baixo das cercas, podia sentir o prazer do artesão com um arame tão esticado que cantava quando tocado. Mesmo assim, não conseguia se imaginar o resto da vida enfiando estacas no chão, levantando cercas, dividindo a terra. Pensava em si mesmo não como uma coisa pesada que deixa marcas ao passar, mas como algo parecido a um grão de poeira sobre a superfície de uma terra adormecida demais para notar o roçar dos pés da formiga, o raspar dos dentes da borboleta, o cair do pó.

Subiu uma última encosta, o coração batendo mais depressa. Quando chegou ao topo, a casa se tornou visível lá embaixo, primeiro o telhado e o oitão quebrado, depois as paredes caiadas, tudo como antes. Decerto, pensou, decerto eu agora estou durando mais do que o último Visagie; decerto todos os dias que passei vivendo de ar nas montanhas, ou sendo devorado pelo tempo no campo, foram tão compridos quanto os dias que aquele menino teve de aguentar, comendo ou passando fome, dormindo ou acordado no seu esconderijo.

A porta de trás estava destrancada. Quando K empurrou a parte de cima, alguma coisa pulou quase em cima da cara dele e correu virando a esquina: um gato, um enorme gato de pelo malhado de preto e bege. Nunca tinha visto gato na fazenda antes.

A casa estava com cheiro de calor e poeira, mas também de gordura velha e couro sem curtir. O cheiro ficou pior quando chegou perto da cozinha. Na porta da cozinha, hesitou. Ainda dava tempo, pensou, tempo de apagar minhas pegadas e sair na ponta dos pés. Porque seja o que for que me fez voltar, não foi para viver como os Visagie viviam, dormir onde dormiam, sentar na varanda olhando a terra deles. Se esta casa for abandonada para servir de abrigo para os fantasmas de todas as gerações de Visagie, pouco me importa. Não foi por causa da casa que eu voltei.

A cozinha, onde um raio de sol brilhava através do buraco do teto, estava vazia; o cheiro vinha da despensa, onde, espiando no escuro, K distinguiu um quarto de carneiro ou cabrito pendurado em um gancho. Embora restasse pouco da carcaça além de ossos conectados por um ligamento acinzentado e seco, moscas de barriga verde ainda voejavam em cima dela.

Saiu da cozinha e percorreu o resto da casa, procurando na penumbra sinais do rapaz Visagie ou pistas de seu esconderijo. Não encontrou nada. O chão estava coberto por uma camada de poeira nova. A porta do sótão tinha um cadeado pelo lado de fora. A mobília estava onde sempre esteve, não havia marcas visíveis. Parou no meio da sala e prendeu a respiração, atento ao menor movimento acima ou abaixo, mas o próprio coração do neto, se havia um neto e estivesse vivo, batia no mesmo ritmo do seu.

Saiu para o sol e pegou a trilha da estepe até o açude, até o campo onde havia espalhado as cinzas de sua mãe. Cada pedra, cada moita ao longo do caminho ele reconhecia. Sentiu-se mais em casa no açude do que na sede da fazenda. Deitou e descansou com o casaco preto enrolado embaixo da cabeça, olhando o céu rodar lá em cima. Quero viver aqui, pensou: quero viver aqui para sempre, onde minha mãe e minha avó viveram. É só isso. Que pena, numa época como esta, um homem ter de estar pronto a viver como bicho. Um homem que quer viver não pode viver numa casa com luzes nas janelas. Tem de viver num buraco e se esconder de dia. Um homem tem de viver de modo a não deixar sinal da sua vida. Foi a isso que se chegou.

O açude em si estava seco, a grama em torno, antes viçosa, encontrava-se quebradiça, branca, morta. Não havia nem sinal das abóboras e do milho que havia semeado. Ervas da estepe tinham dominado o pedaço que ele havia cavado e estavam crescendo com força.

Soltou o breque da bomba. A roda guinchou, dançou, tremeu e começou a girar. O pistão mergulhou e voltou. A água jorrou, primeiro em gotas barrentas, depois transparente. Estava tudo como antes, como ele recordara nas montanhas. Pôs a mão no fluxo e sentiu a força da água empurrar seus dedos para trás; subiu para dentro do açude e ficou debaixo do jorro, o rosto virado para cima, como uma flor, bebendo e sendo banhado; não havia água que chegasse.

Dormiu ao ar livre, e acordou de um sonho em que o rapaz Visagie, enrolado como uma bola no escuro debaixo das tábuas do assoalho, com aranhas andando por cima dele, e o grande peso do guarda-roupas apertando sua cabeça para baixo, pronunciava palavras, pedidos, ou gritos e ordens, ele não sabia; não conseguia ouvir, nem entender. Pôs-se sentado, com o corpo duro e exausto. Que ele não roube de mim o meu primeiro dia!, gemeu para si mesmo. Não voltei aqui para servir de enfermeira! Ele se cuidou todos esses meses, ele que se cuide mais um pouquinho! Enrolado no casaco preto, apertou os maxilares e esperou o amanhecer, louco pelo prazer de cavar e plantar que havia prometido a si mesmo, impaciente para encerrar a questão de construir um abrigo.

A manhã inteira vagou pela estepe, procurando nos regos que partiam das encostas e ao longo das falhas onde a rocha se quebrava em linhas retas. A trezentos metros do açude, dois morrinhos, iguais a dois seios redondos, se curvavam um para o outro. No ponto onde se encontravam, seus lados formavam uma fenda íngreme da altura da cintura de um homem, com três ou quatro metros de comprimento. O leito da fenda era de cascalho azul-escuro, fino; o mesmo cascalho podia ser raspado dos lados. Foi nesse lugar que K se instalou. Do barracão detrás da casa, trouxe suas ferramentas, uma pá e uma talhadeira. Do teto do cercado de carneiros, retirou uma folha de ferro corrugado de um metro e meio. Laboriosamente, soltou dois mourões do emaranhado de cerca quebrada abaixo do pomar morto. Levou tudo isso para o açude e se pôs a trabalhar.

Seu primeiro passo foi abrir os lados da fenda, de forma que ficasse mais larga no fundo que no alto, e aplainar o leito de cascalho. O lado mais estreito ele fechou com uma pilha de pedras. Depois, deitou os três mourões sobre a fenda, e em cima deles a placa de ferro, com umas placas de pedra para segurar. Tinha agora uma caverna ou toca de quase dois metros de profundidade. Quando recuou até o açude para inspecionar, porém, seus olhos identificaram imediatamente o buraco escuro da entrada. Então, passou o resto da tarde procurando um jeito de disfarçá-lo. Quando caiu a tarde, deu-se conta, surpreso, de que era o segundo dia que passava sem comer.

Na manhã seguinte, arrastou sacos cheios de areia do rio para espalhar no chão. Quebrou pedras chatas dos estratos da encosta e construiu a parede da frente, deixando apenas uma passagem irregular através da qual podia se torcer para entrar. Fez uma pasta de barro e grama seca com que preencheu as frinchas entre o teto e as paredes. Espalhou cascalho por cima do teto. Durante todo o dia não comeu, nem sentiu necessidade de comer; mas notou que estava trabalhando mais devagar, e que havia momentos em que simplesmente ficava parado, de pé ou de joelhos diante do trabalho, com a cabeça em outra coisa.

Quando estava enfiando lama nas frinchas e alisando, ocorreu-lhe que na próxima chuva forte todo o seu cuidadoso trabalho de massear seria levado embora; na verdade, a água da chuva ia jorrar pela fenda para dentro de sua casa. Devia ter feito um leito de pedras por baixo da areia, pensou; e devia ter feito um beiral. Mas depois pensou: não estou construindo aqui no açude uma casa para deixar para as próximas gerações. O que estou fazendo tem de ser descuidado, provisório, um abrigo para ser abandonado sem dor no coração, de forma que se alguém um dia achar este lugar, ou as ruínas dele, e disser, sacudindo a cabeça para os outros, que criaturas mais descuidadas, não tinham o menor orgulho do trabalho que faziam!, isso não vai ter a menor importância.

No barracão, restava um último punhado de sementes de abóbora e de melão. No quarto dia depois de sua volta, K se pôs a plantá-las, limpando um pedaço de chão para cada semente individual no mar de grama da estepe que ondulava em cima do cemitério da plantação anterior. Não ousava mais irrigar o terreno todo, porque o verdor da grama nova revelaria a sua presença. Então molhava as sementes uma a uma, levando água do açude em uma velha lata de tinta. Depois desse trabalho, não tinha mais nada a fazer a não ser esperar as sementes brotarem, se brotassem. Em seu abrigo, ficava deitado pensando nesses pobres desses seus segundos filhos começando a batalha para subir pela terra escura até o sol. Sua única preocupação era que, ao plantar assim nos últimos dias de verão, não estivesse dando a elas o melhor.

Enquanto cuidava das sementes, vigiava e esperava a terra lhe dar comida, sua própria necessidade de comer foi ficando mais e mais ligeira. Fome era uma sensação que não tinha, da qual mal se lembrava. Se comia, consumindo o que encontrasse, era porque ainda não tinha se livrado do conceito de que corpos que não comem morrem. Pouco lhe importava a comida que comia. Não tinha gosto nenhum, ou tinha gosto de poeira.

Quando a comida brotar desta terra, disse a si mesmo, meu apetite volta, porque ela terá sabor.

Depois da dureza das montanhas e do campo, não havia nada além de ossos e músculos em seu corpo. Sua roupa, já rasgada, ficava pendurada, sem forma. Porém, quando se deslocava por aquele pedaço de terra, sentia uma profunda alegria em seu ser físico. Seu passo era tão leve que mal tocava a terra. Parecia que dava para voar; parecia que dava para ser corpo e espírito.

Voltou a comer insetos. Como o tempo jorrava sobre ele num fluxo tão interminável, havia manhãs inteiras que passava deitado de bruços junto a um formigueiro, pescando larvas uma a uma com um galhinho de mato e colocando na boca. Ou então arrancava a casca morta das árvores, procurando larvas de besouro; ou derrubava louva-deuses no ar com o paletó, arrancava as cabeças, as pernas e as asas, triturando seus corpos até formar uma pasta que deixava secar ao sol.

Comia raízes também. Não tinha medo de ser envenenado, pois parecia saber a diferença entre o amargor benigno e o maligno, como se tivesse sido animal um dia e o conhecimento de plantas boas e más não tivesse morrido na sua alma.

Seu retiro ficava a dois quilômetros da trilha que passava pela fazenda e depois fazia uma curva para retomar a estrada secundária que levava aos cantos mais distantes do Moordenaarsvallei. Mesmo sendo a trilha pouco frequentada, havia razão para ser cuidadoso. Diversas vezes, ouvindo o ronco distante de um motor, K teve de se abaixar e esconder-se. Uma vez, caminhando tranquilamente pelo leito do rio, aconteceu de levantar os olhos e ver uma carroça puxada a burro passando à distância de um grito, conduzida por um velho, com mais alguém, uma mulher ou criança, ao lado dele. Teria sido visto? Temendo mexer-se e chamar atenção para si, ficou congelado onde estava, à plena vista de quem quisesse olhar, observando o suave progresso da carroça pela trilha até vê-la sumir atrás da primeira montanha.

Tão cansativa quanto essa incessante vigilância era a restrição no uso da água. As pás da bomba não podem nunca ser vistas girando, o açude tem de parecer sempre seco; portanto, era só ao luar, ou então ansiosamente ao entardecer, que ele ousava soltar o breque, bombear alguns centímetros e levar água para suas plantas.

Uma ou duas vezes encontrou pegadas de antílopes no chão molhado, mas não deu importância ao assunto. Então, acordou uma noite com roncos e bater de cascos. Saiu engatinhando de sua casa, farejando, antes de ver os cabritos que pensara terem fugido para sempre quando o açude secou. Cambaleando atrás deles, xingando alto, atirando pedras, bêbado de sono mas levado por um desejo de salvar sua plantação, caiu e enfiou um grande espinho na palma da mão. Ficou patrulhando o terreno a noite inteira. Os cabritos apareceram à luz da manhã, cedo, pintalgando as encostas em pares e trios, esperando que fosse até eles; e K teve de ficar de guarda o dia inteiro, atacando-os de vez em quando com pedras.

Foram esses cabritos selvagens, que não só ameaçavam sua colheita, como chamavam atenção com sua presença, que o levaram à decisão: de agora em diante ia descansar de dia e ficar acordado de noite, para proteger sua terra e cuidar dela. Primeiro, só podia trabalhar nas noites de luar: na densa escuridão das noites sem lua, ficava de pé, plantado, as duas mãos esticadas, temeroso dos vultos que imaginava à sua volta. Mas com o passar do tempo, começou a adquirir a segurança de um cego: levando uma varinha à frente, conseguia localizar-se ao longo da trilha que havia marcado com os pés entre a sua casa e o campo, soltar o breque da bomba, abrir a torneira, encher a lata, e levar água para uma planta depois da outra, dobrando de lado a grama para encontrá-las. Gradualmente, foi perdendo todo o medo da noite. Na verdade, quando acordava às vezes durante o dia e dava uma olhada para fora, recuava diante da dureza da luz e voltava para a cama com um estranho refulgir esverdeado por dentro das pálpebras.

O fim do verão chegara, e fazia mais de um mês que deixara o campo de Jakkalsdrif. Não havia procurado o rapaz Visagie, nem parecia que fosse fazê-lo. Tentava não pensar nele, mas às vezes se via imaginando se o rapaz podia ter cavado um buraco para si na estepe, e estar vivendo em algum outro ponto da fazenda uma vida paralela à dele, comendo lagartos, bebendo orvalho, esperando que o Exército o esquecesse. Parecia pouco provável.

Evitava a casa da fazenda como um lugar de mortos, a não ser quando tinha de visitá-la para caçar coisas necessárias. Precisava de um meio para fazer fogo, e na mala de brinquedos quebrados teve a sorte de encontrar um telescópio vermelho de plástico, cuja lente podia focalizar os raios de sol o suficiente para produzir fumaça num punhado de palha seca. Cortou tiras de uma pele de antílope que encontrou no barracão e usou para fazer um estilingue, substituindo o que havia perdido.

Havia muitas coisas mais que podia levar para facilitar-lhe a vida: uma grelha, uma panela, uma cadeira de dobrar, placas de espuma de borracha, mais sacos de ração. Escarafunchou entre as bugigangas do barracão e não havia nada que não despertasse uma ideia de uso. Mas temeu levar as tralhas dos Visagie para sua casa na terra e tomar um rumo que poderia levar à revivescência dos infortúnios da família. O pior erro, disse a si mesmo, seria tentar fundar uma nova casa, uma linhagem rival, em seu humilde começo junto ao açude. Até suas ferramentas seriam de madeira, couro e tripa, materiais que os insetos comeriam quando, um dia, não precisasse mais deles.

Ficou encostado na fôrma da bomba, sentindo o tremor que passava por dentro dela cada vez que o pistão chegava ao fundo de seu movimento, ouvindo a grande roda acima de sua cabeça deslizar pela engrenagem e cortar o escuro. Que sorte eu não ter filhos, pensou: que sorte eu não ter o desejo de ser pai. Não saberia o que fazer, no coração do campo, com uma criança que ia precisar de leite, roupas, amigos e escola. Ia fracassar nos meus deveres, seria o pior dos pais. Ao passo que não é difícil viver uma vida que consiste apenas em passar o tempo. Eu sou um daqueles felizardos que escaparam do chamado. Pensou no campo de Jakkalsdrif, nos pais criando os filhos atrás da tela de arame, seus próprios filhos e os filhos de primos e de primos de segundo grau, numa terra tão duramente pisada por seus passos dia após dia, tão duramente curtida pelo sol, que nada nunca mais haveria de crescer ali. De minha mãe são as cinzas que eu trouxe de volta, pensou, e meu pai foi Huis Norenius. Meu pai foi a lista de regras na parede do dormitório, as vinte e uma regras cuja primeira era "Haverá silêncio nos dormitórios em todos os momentos", e o professor de marcenaria que não tinha alguns dedos, que torcia minha orelha quando a linha não estava reta, e as manhãs de domingo, quando púnhamos nossas camisas cáqui e nossos calções cáqui e nossas meias pretas e nossos sapatos pretos e marchávamos de dois em dois para a igreja em

Papegaai Street para pedir perdão. Esses foram os meus pais, e minha mãe está enterrada e ainda não subiu. Por isso é bom que eu, que não tenho com que viver, passe mais tempo aqui onde não incomodo.

No mês que se passara desde sua volta, não houve visitantes, que K soubesse. As únicas pegadas frescas na poeira do chão da casa eram as suas e as do gato, que entrava e saía à vontade, ele não sabia por onde. Então, passando um dia pela casa num passeio ao amanhecer, ficou perplexo de ver entreaberta a porta da frente, que estava sempre fechada. Parou a menos de trinta passos do olho aberto da porta, sentindo-se de repente nu como uma toupeira à luz do dia. Na ponta dos pés, voltou para a proteção do leito do rio, e enfiou-se de volta em seu abrigo.

Durante uma semana não chegou perto da casa da fazenda, limitando-se a rastejar no escuro cuidando de sua plantação, temendo que o menor toque de pedregulho contra pedregulho pudesse ecoar pela estepe e denunciar a sua presença. As folhinhas novas de abóbora pareciam vívidas bandeiras verdes proclamando sua ocupação do açude: espalhou grama em cima das plantas com empenho, e chegou a pensar em cortá-las. Não conseguia dormir, mas ficava na sua cama de mato debaixo do calor de fornalha do teto, de ouvidos atentos para os ruídos que anunciariam sua descoberta.

Porém havia momentos em que seus medos pareciam absurdos, acessos de clareza em que ele admitia que, isolado da sociedade humana, corria o risco de se tornar mais receoso que um camundongo. Que razão tinha para pensar que a porta aberta significasse a volta dos Visagie ou a chegada da polícia para levá-lo para o famoso Brandvlei? Num vasto país, em cuja face centenas de milhares de pessoas seguiam diariamente suas peregrinações de baratas, fugindo da guerra, por que ele deveria se alarmar se um refugiado ou outro se escondia em uma casa de fazenda vazia num trecho desolado do país? Será que ele, ou eles (K teve uma visão de um homem empurrando um carrinho cheio de objetos domésticos, e uma mulher marchando atrás dele, e duas crianças, uma segurando a mão da mulher, a outra sentada em cima da pilha do carrinho, abraçando um gatinho que miava, todos mortos de cansaço, o vento soprando poeira em seus rostos e rolando nuvens cinzentas pelo céu), será que essa gente não tinha mais razão para ter medo dele, um homem selvagem, todo pele, ossos e trapos, surgindo da terra na hora do voo do morcego, do que ele ter medo dos outros?

Mas então, pensava assim: e se eles forem do outro tipo, soldados refugiados, policiais em folga atirando nos cabritos por esporte, homens fortes que iam rir até sentir dor do lado com os meus truques idiotas, minhas abóboras escondidas na grama, meu abrigo disfarçado com barro, e me chutar a bunda e dizer para eu tomar jeito e me transformar em criado para cortar lenha e pegar água para eles, e assustar os cabritos para o lado das suas armas para eles comerem filés grelhados, enquanto eu me agacho atrás de uma moita para comer meu prato de vísceras? Não seria melhor me esconder dia e noite, não seria melhor me enterrar nas entranhas da terra do que me transformar numa criatura pertencente a eles? (E será que a ideia de me transformar em criado passaria pela cabeça deles? Vendo um homem selvagem vagar pela estepe, será que não iam apostar para ver quem era capaz de meter uma bala no emblema de latão da boina dele?)

Os dias passavam e nada acontecia. O sol brilhava, os pássaros pulavam de moita em moita, o grande silêncio reverberava no horizonte, e a segurança de K retornou. Passou um dia inteiro deitado, escondido, observando a casa da fazenda, enquanto o sol descrevia o seu arco da esquerda para a direita e as sombras corriam pela varanda da direita para a esquerda. Será que aquela tira de escuridão mais forte no meio era a porta aberta, ou seria a própria porta? Estava longe demais para ver. Quando veio a noite e a lua subiu, aproximou-se até o pomar morto. Não havia luz na casa, nenhum som. Saiu para o ar livre na ponta dos pés, atravessou o pátio, até chegar à varanda, de onde pôde ver finalmente que a porta estava aberta, como devia ter estado todo o tempo. Subiu os degraus e entrou na casa. No escuro total do hall, ficou ouvindo. Era tudo silêncio.

Passou o resto da noite deitado num saco no barracão, esperando. Chegou a dormir, embora não estivesse acostumado a dormir de noite. De manhã, voltou a entrar na casa. O chão tinha sido varrido havia pouco, assim como a lareira. Um vago cheiro de fumaça ainda restava nos cantos. Na pilha de lixo atrás do barracão encontrou seis latas novas, brilhantes e sem rótulo, de carne em conserva.

Voltou ao seu abrigo e passou o dia escondido, abalado pela certeza de que soldados tinham estado na fazenda e que tinham vindo a pé. Se estavam caçando rebeldes nas montanhas, ou perseguindo desertores, ou simplesmente fazendo um giro de inspeção, por que não tinham vindo de jipe ou caminhão? Por que eram furtivos, por que estavam escondendo suas pegadas? Podia haver muitas explicações, podia haver mil explicações, não podia ler as mentes deles; tudo o que sabia era que havia sido preservado por pura sorte.

Não bombeou água essa noite, esperando que o sol e o vento fossem secar o chão do açude. Colheu mais mato, braçadas de mato, e espalhou sobre os brotinhos de abóboras. Manteve-se abaixado, respirando sem fazer ruído.

Passou-se um dia e outro dia. Então, quando o sol estava se pondo e K saiu de sua casa para esticar as pernas, formas em movimento na planície chamaram sua atenção. Deitou-se na terra. Tinha visto um homem a cavalo indo para o açude, e outro homem a pé ao lado dele; vira também claramente o cano de uma arma aparecendo acima do ombro do cavaleiro. Como um verme, começou a rastejar de volta para o seu buraco, pensando apenas: Que caia logo a noite, que a terra me engula e me proteja.

Por trás da saliência do morrinho perto da boca do buraco, levantou a cabeça para um último olhar.

Não era um cavalo, era um burro, um burro tão pequeno que os pés do cavaleiro quase tocavam o chão. Mais atrás, havia um segundo burro, sem ninguém em cima, mas com dois grandes pacotes cinzentos amarrados nos flancos; e entre os dois burros contou oito homens, com um último no fecho da fila. Todos tinham armas; alguns pareciam levar carga também. Um estava de calça azul, um outro de calça amarela, mas os restantes usavam uniforme de camuflagem.

O mais silenciosamente possível, K escorregou de volta para o buraco. Da porta, não via mais nada, mas no ar sem vento ouviu quando desmontaram no açude, ouviu o tilintar da corrente quando soltaram o breque da bomba, ouviu até o murmúrio de palavras. Alguém subiu a escada para a plataforma alta sobre o campo, e desceu de novo.

Foi ficando mais escuro, até que não havia mais que o zurrar dos burros para mostrar como os estranhos estavam perto. K ouviu o bater de um machado perto do leito do rio; depois, o contorno do barranco acima dele começou a ficar visível contra o difuso refulgir da fogueira deles. Houve um sopro de vento; o leme balançou, o metal rangeu, a roda da bomba girou uma vez e parou. Ouviu claramente as palavras: "O quê? Nada de água?". Depois, mais palavras que não conseguiu entender, seguidas de uma gargalhada. Então o vento soprou de novo, a bomba gemeu e girou, e nas palmas das mãos e nas solas dos pés K ouviu a primeira batida do pistão no fundo da terra. Houve um viva abafado. No vento, veio o cheiro de carne assada.

K fechou os olhos e descansou o rosto nas mãos. Estava claro agora que não eram soldados que estavam acampados no açude, que antes haviam acampado na casa, mas sim homens das montanhas, homens que explodiam trilhos e minavam estradas e atacavam fazendas e roubavam gado e cortavam a comunicação de uma cidade com a outra, que o rádio noticiava terem sido exterminados aos bandos e de quem os jornais publicavam fotos, esticados de boca aberta em poças de seu próprio sangue. Eram esses os visitantes. E no entanto pareciam-lhe nada mais que um time de futebol: onze jovens saídos de campo depois de um jogo duro, cansados, felizes, famintos.

Seu coração estava batendo forte. Quando fossem embora de manhã, pensou consigo mesmo, ia sair de seu esconderijo e trotar atrás deles como uma criança atrás da banda. Depois de algum tempo, vão me ver e parar para perguntar o que eu quero. E eu poderia dizer: me dê um pacote para carregar; me deixe cortar lenha e fazer o fogo no fim do dia. Ou então, eu poderia dizer: não deixem de voltar ao açude da próxima vez, e eu dou comida para vocês. Vai ter abóbora, moranga e melão, vai ter pêssego, figo e pera de espinho, não vai faltar nada. E eles voltariam na próxima vez, e ele lhes daria comida e depois sentaria com eles em volta da fogueira, sorvendo suas palavras. As histórias que eles contam devem ser diferentes das histórias que ouvi no campo, porque o campo era para os que foram deixados para trás, as mulheres e crianças, os velhos, os cegos, os aleijados, os idiotas, gente que não tem nada para contar além de histórias daquilo que têm aguentado. Enquanto que esses jovens tiveram aventuras, vitórias, derrotas, escapadas. Vão ter histórias para contar muito tempo depois de a guerra acabar, histórias para uma vida inteira, histórias para seus netos ouvirem de boca aberta.

Porém, no instante mesmo em que se abaixou para ver se o cadarço de seus sapatos estava amarrado, K entendeu que não ia sair, pôr-se de pé e atravessar o escuro até a fogueira para se anunciar. Sabia até por quê: porque muitos homens tinham ido para a guerra dizendo que o tempo de cuidar da terra era quando a guerra acabasse; mas deveria haver homens que ficariam para trás e cuidariam de manter vivas as plantas, ou pelo menos a ideia de plantar; porque uma vez rompida essa cadeia, a terra ficaria dura e esqueceria seus filhos. Por isso.

Entre essa razão e a verdade de que ele nunca se anunciaria, porém, havia uma distância maior do que a distância que o separava da fogueira. Sempre que tentava se explicar para si mesmo, sobrava um espaço, um buraco, um escuro diante do qual seu entendimento empacava, no qual era inútil jogar palavras. As palavras eram devoradas, o buraco permanecia. Sua história tinha sempre um buraco: uma história errada, sempre errada.

Lembrou-se do Huis Norenius e da sala de aula. Entorpecido de medo, olhou o problema à sua frente enquanto o professor passeava entre as carteiras, contando os minutos até o momento de baixarem os lápis e se dividirem, as ovelhas e os cabritos. Doze homens comem seis sacos de batatas. Cada saco tem seis quilos de batatas. Qual é o quociente? Ele se viu escrevendo 12, se viu escrevendo 6. Não sabia o que fazer com os números. Riscou os dois. Ficou olhando a palavra "quociente". Ela não mudava, não se dissolvia, não revelava seus mistérios. Vou morrer, pensou, sem nunca saber o que é quociente.

Ficou acordado boa parte da noite, ouvindo o açude se encher devagar, espiando ocasionalmente a luz das estrelas para ver se os burros tinham parado ou se ainda estavam investigando suas abóboras. Depois, deve ter cochilado, porque a próxima coisa que registrou foi alguém pisando duro no mato abaixo dele, batendo as mãos, tocando os burros, e as montanhas já estavam delineadas de azul contra o rosa do céu. O vento estava parado, no ar vinham vagos sons: o tinir de um balde, o bater de uma colher na caneca, o esguichar da água.

Agora, pensou, acordando totalmente, agora é minha última chance: agora. Deslizou do abrigo para fora, rastejou sobre mãos e joelhos, e espiou pela borda do barranco.

Havia um homem subindo para fora do açude. Da fria água da noite ele saía, subindo na mureta, e ali ficou se enxugando com uma toalha branca, a primeira luz macia do dia brilhando em seu corpo nu.

Dois homens estavam carregando um burro, um segurando a rédea, o outro acomodando e amarrando dois volumosos sacos de lona no lombo do animal, e um longo pacote tubular também embrulhado em lona.

O resto do grupo estava atrás do muro do açude; de vez em quando, K via uma cabeça se mexer.

O homem que tinha subido no muro reapareceu, agora vestido. Curvou-se e abriu a torneira. A água jorrou pelos velhos sulcos que K havia cavado em sua primeira estada, correndo para o campo.

Isto é um erro, pensou K, é um sinal.

O mesmo homem puxou o breque da bomba.

Em uma longa fila esparsa, começaram a se deslocar para o leste pela estepe, na direção das montanhas, um burro à frente da fila, outro no fim, o sol, agora acima da beira do mundo, batendo direto na cara deles. K ficou olhando por trás do barranco até eles não serem mais que manchinhas em movimento contra o amarelo da grama, pensando: Não é tarde demais para correr atrás deles, ainda não é tarde demais. Então, quando finalmente desapareceram, saiu e fez um giro pelo terreno inundado, para ver a devastação que os burros tinham feito.

Suas marcas estavam em toda parte. Tinham não só comido as plantas como, em muitos pontos, pisado em cima delas.

Havia longos galhos cortados se enrolando na grama, cujas folhas já estavam engruvinhando e caindo; os poucos botões que tinham brotado, bolotinhas verdes não maiores que bolas de gude, foram devorados. Perdera metade da plantação. Porém, fora isso, os estranhos não tinham deixado nem um traço de sua passagem. Em cima do local da fogueira, espalharam terra e pedregulhos com tanto cuidado que só pelo calor dava para saber onde era. O açude logo se esvaziou; ele fechou a torneira.

Subiu a encosta acima de seu abrigo, e, deitado sobre a crista, olhou o sol. Não havia nada para ser visto. Os homens haviam se fundido às montanhas.

Sou como uma mulher cujos filhos saíram de casa, pensou: tudo que me resta é arrumar e ouvir o silêncio. Gostaria de ter dado comida para eles, mas só alimentei foi os burros deles, que podiam ter comido grama. Rastejou para seu abrigo, esticou-se, preguiçoso, e fechou os olhos.

Foi despertado no final da manhã pelo estrépito de um helicóptero. Ele passou, seguindo o curso do rio. Uns quinze minutos depois voltou, seguindo mais além, para o norte.

Vão ver que a terra foi alagada, pensou. Vão ver que a grama está mais verde. Vão ver o verde das abóboras. As folhas eram como bandeiras acenando para eles. Podem ver tudo do ar, tudo que por sua natureza não se esconde debaixo da terra. Eu devia ter plantado cebola.

Ainda está em tempo de fugir para as montanhas, pensou, mesmo que tudo o que eu vá fazer lá seja me esconder numa caverna. Mas a preguiça não o deixava. Que venham, pensou, o que importa. Voltou a dormir.

Durante uma semana, K foi mais cuidadoso que nunca. Não saía absolutamente de seu abrigo durante as horas do dia, e molhava com tanta parcimônia as plantas restantes que as folhas penderam e as gavinhas murcharam. As trepadeiras que haviam sido cortadas ele arrancou. Se todas as flores virarem frutos, pensou consigo mesmo, olhando o que restara, não vai dar nem quarenta abóboras; se trouxerem os burros para cá outra vez, não vai dar nenhuma. Não era mais questão de ter uma colheita farta, mas apenas de produzir o suficiente para as sementes não se extinguirem. Vai haver outro ano, consolou-se, outro verão para tentar de novo.

Era o fim do verão. Depois de dias abafados e de nuvens pesadas, veio uma tempestade. A enxurrada desceu e K foi expulso de casa pela inundação. Encolheu-se ao abrigo do muro do açude, encharcado, sentindo-se um caramujo sem a casa. Depois de uma hora a chuva parou, os pássaros começaram a cantar, um arco-íris apareceu no Ocidente. Arrastou o colchão de mato encharcado para fora do abrigo e esperou a enxurrada parar de correr. Então, preparou lama e se pôs a vedar o teto e as paredes de novo.

Os burros não voltaram, nem os onze homens, nem o helicóptero. As abóboras cresceram. De noite, K rastejava para fora, acariciando as frutas lisas. Ficavam palpavelmente maiores a cada noite. Com o passar do tempo, permitiu que voltasse a brotar em seu peito a esperança de que tudo ia dar certo. Acordava durante o dia e espiava seu terreno; debaixo da camuflagem de mato, uma fruta ou outra brilhava silenciosamente para ele.

Entre as sementes que tinha plantado, havia uma de melão. Agora dois pálidos melões verdes fulguravam no extremo do campo. Parecia-lhe que amava aqueles dois, que pensava serem duas irmãs, ainda mais do que as abóboras, em que pensava como um bando de irmãos. Debaixo dos melões, colocou almofadas de grama para que não machucassem a pele.

Então, veio a noite em que a primeira abóbora estava madura para ser colhida. Havia crescido antes e mais depressa que as outras, bem no centro do campo; K havia marcado aquele como o primeiro fruto, o primogênito. A casca estava macia, a faca entrou nela sem resistência. A carne, embora com uma borda verde, era de um alaranjado profundo. Na grelha de arame que preparou, arranjou fatias de abóbora em cima de um leito de brasas que brilhavam cada vez mais, à medida que a noite caía. O cheiro da fruta assando subiu para o céu. Repetindo as palavras que havia aprendido, dirigindo-as não mais para cima, mas para a terra onde estava ajoelhado, rezou: "Agradeçamos sinceramente aquilo que estamos a ponto de receber". Com dois espetos de arame, virou as fatias, e no meio dessa ação sentiu o coração de repente encher-se de gratidão. Era exatamente como haviam descrito, como um jato de água morna. Agora está completo, disse a si mesmo. Tudo o que resta é viver sossegado aqui o resto da minha vida, comendo a comida que meu próprio trabalho fez a terra produzir. Tudo o que resta é ser um cultivador do solo. Levou a primeira fatia até a boca. Debaixo da pele crocante e torrada, a carne era macia e suculenta. Mastigou com lágrimas de alegria nos olhos. A melhor, pensou, a melhor abóbora que eu comi na vida. Pela primeira vez, desde que voltara para o campo, teve prazer com a comida. O sabor da primeira fatia deixou sua boca dolorosa de prazer sensual. Mexeu a grelha sobre as brasas e pegou a segunda fatia. Meteu os dentes na crosta até a polpa macia e quente. Uma abóbora dessas, pensou, uma abóbora dessas eu posso comer todos os dias da vida e nunca pedir mais nada. E que perfeição ficaria com uma pitada de sal, com uma pitada de sal e um pouquinho de manteiga, e um salpico de açúcar, e um pouco de canela polvilhado por cima! Enquanto comia a terceira fatia, e a quarta e a quinta, até metade da abóbora estar consumida e sua barriga estar cheia, K mergulhou na lembrança dos sabores do sal, açúcar, manteiga e canela, um a um.

Mas o amadurecimento das abóboras trouxe uma nova ansiedade. Por enquanto, tinha sido possível esconder as plantas, as próprias abóboras criavam vazios que até à distância davam ao campo um ar estranho, como se um rebanho de carneiros estivesse dormindo no mato alto até o joelho. K fazia o possível para dobrar a grama por cima das abóboras, mas não ousava cobri-las inteiras, porque o precioso sol do fim do verão é que as estava amadurecendo. Tudo o que conseguiu fazer foi colher as frutas o mais rápido possível, antes que os caules murchassem, às vezes quando ainda havia pintas verdes na casca, para levá--las embora.

Os dias foram ficando mais curtos, as noites mais frias. Às vezes, K usava o casaco preto para trabalhar no campo; dormia com os pés enrolados num saco e as mãos entre as coxas. Dormia mais e mais. Não ficava mais sentado ao ar livre quando terminava as tarefas, olhando as estrelas, escutando a noite, nem caminhava pela estepe, mas se enfiava em seu buraco e caía em sono profundo. Dormia toda a manhã. Ao meio-dia, começava a entrar em um intervalo de langor e divagações, banhado no suave calor que se irradiava do teto; então, quando o sol se punha, saía, espreguiçava-se e descia ao leito do rio para cortar lenha até não conseguir mais ver suas marcas.

Cavara um buraco para o seu fogo, de forma que não pudesse ser visto à distância, e construiu um túnel de ventilação. Depois de comer, colocava duas placas de pedra em cima do buraco e salpicava com terra. As brasas continuavam queimando até a noite seguinte. Na terra em volta do buraco, juntavam-se insetos variados, atraídos pelo calor benigno e contínuo.

Não sabia em que mês estava, embora acreditasse que era abril. Não mantivera registro dos dias, nem marcara as fases da lua. Não era um prisioneiro, nem um náufrago, sua vida no açude não era uma sentença a ser cumprida até o fim.

Tornara-se a tal ponto uma criatura da penumbra e da noite

que a luz do dia lhe feria os olhos. Não precisava mais limitar-se a trilhas ao se movimentar em torno do açude. Um sentido mais de tato que de visão, a pressão das presenças nas órbitas de seus olhos e na pele de seu rosto o alertavam para qualquer obstáculo. Seus olhos ficavam sem foco durante horas e horas, como os de um cego. Tinha aprendido a confiar também no olfato. Aspirava para os pulmões o cheiro limpo e doce da água trazida do fundo da terra. Isso o embebedava, nunca se satisfazia. Embora não soubesse seus nomes, era capaz de identificar cada arbusto pelo cheiro das folhas. Podia farejar a chuva no ar.

Mas, acima de tudo, à medida que o verão descia para o fim, aprendeu a amar o ócio, o ócio não mais como período de liberdade surrupiada aqui e ali do trabalho involuntário, roubos furtivos para gozar sentado nos calcanhares diante de um canteiro de flores com um garfo de jardinagem na mão, mas sim como um render-se a si mesmo ao tempo, a um tempo que corria devagar como óleo, de horizonte a horizonte sobre a face da Terra, banhando seu corpo, circulando em suas axilas e em sua virilha, agitando suas pálpebras. Não ficava nem contente nem descontente quando não havia trabalho a fazer; era tudo a mesma coisa. Podia ficar a tarde inteira de olhos abertos, olhando o mesmo corrugado do ferro do teto e os desenhos da poeira; sua cabeça não divagava, não via nada além do ferro, as linhas não se transformavam num padrão, nem em fantasias; era ele mesmo, deitando em sua própria casa, a ferrugem era apenas ferrugem, tudo se movia no tempo, levando-o para a frente em seu fluxo. Uma ou duas vezes, o outro tempo em que a guerra tinha sua existência se fazia lembrar para ele na forma de bombardeiros a jato que assobiavam lá no alto do céu. Porém, no mais, estava vivendo fora do alcance do calendário e do relógio, em um canto abençoadamente desprezado, meio desperto, meio adormecido. Como um parasita cochilando no intestino, pensou; como um lagarto embaixo de uma pedra.

"Parasita!" era a palavra que o capitão de polícia havia usado: o campo de Jakkalsdrif, um ninho de parasitas dependendo de uma linda cidade ensolarada, devorando sua substância, sem dar nenhuma nutrição em troca. Para K, porém, deitado ocioso em sua cama, pensando desapaixonadamente (O que eu tenho com isso afinal?, pensou), não era mais tão evidente quem era o hospedeiro, quem o parasita, o campo ou a cidade. Se o verme devorava a ovelha, por que a ovelha engolia o verme? E se houvesse milhões de pessoas, mais milhões do que qualquer um pudesse imaginar, vivendo em campos, vivendo de esmolas, vivendo da terra, vivendo de fraudes, se encolhendo pelos cantos para escapar de sua época, espertos demais para levantar bandeiras e chamar atenção para si mesmos, para serem contados? E se os hospedeiros fossem muito menos numerosos que os parasitas, os parasitas da preguiça e os outros parasitas secretos do Exército e da polícia, das escolas, fábricas e escritórios, os parasitas do coração? Será que os parasitas poderiam ser ainda chamados de parasitas? Parasitas também tinham carne e substância; parasitas também podiam servir de presas. Talvez, na verdade, o campo ser declarado parasita da cidade ou a cidade parasita do campo dependesse, nada mais, nada menos, de quem fizesse sua voz ser ouvida mais alto.

Pensou em sua mãe. Ela havia lhe pedido para trazê-la de volta a sua terra natal e ele havia feito isso, embora só num jogo de palavras. E se aquela fazenda não fosse a sua terra natal de verdade? Onde estavam as paredes de pedra da cocheira de que havia falado? Obrigou-se a fazer uma visita diurna ao pátio da fazenda e aos chalés na encosta e ao retângulo de chão nu ao lado deles. Se minha mãe algum dia viveu aqui, haverei de saber, disse a si mesmo. Fechou os olhos e tentou recuperar na imaginação as paredes de barro e os telhados de sapé das histórias dela, o jardim de cactos, as galinhas correndo para a comida jogada pela menininha de pés descalços. E atrás dessa menina, no vão de uma porta, o rosto escondido na sombra, procurava uma segunda mulher, a mulher de quem sua mãe tinha vindo ao mundo. Quando minha mãe estava morrendo no hospital, pensou, quando ela entendeu que o fim estava chegando, não foi para mim que olhou, mas para alguém que estava atrás de mim: a mãe dela ou o fantasma da mãe dela. Para mim, ela era uma mulher, mas para ela mesma, ainda era uma criança chamando a mãe para segurar sua mão e ajudar. E a mãe dela, na vida secreta que a gente não enxerga, foi criança também. Eu venho de uma linhagem de crianças sem fim.

Tentou imaginar uma figura parada sozinha no começo de tudo, uma mulher com um vestido cinzento sem forma que não vinha de mãe nenhuma; mas quando tinha de pensar no silêncio em que ela vivia, o silêncio do tempo antes do começo, sua cabeça empacava.

Agora que dormia tanto, vinham animais saquear o seu campo, lebres e pequenos antílopes cinzentos. Não se importaria se simplesmente comessem as pontas das plantas, mas tinha sombrios ataques de raiva quando comiam o pé inteiro, deixando a planta murcha. Não sabia o que faria se perdesse seus dois melões adorados. Passou horas tentando construir uma armadilha com arame, mas não conseguia fazer com que funcionasse. Uma noite, fez sua cama no meio do campo. O clarão da lua o manteve acordado, sobressaltava-se com qualquer ruído, o frio amorteceu seus pés. Como seria tudo mais fácil, pensou, se houvesse uma cerca em volta do açude, uma cerca de tela de arame forte, enterrada trinta centímetros abaixo da superfície para deter os cavadores.

Havia um constante gosto de sangue em sua boca. Seu intestino estava solto e tinha momentos de tontura quando levantava. Às vezes, sentia o estômago como um punho cerrado no meio do corpo. Fez um esforço para comer mais abóbora do que pedia seu apetite; melhorava o aperto do estômago, mas não o fazia sentir-se melhor. Tentou matar passarinhos, mas tinha perdido a habilidade com o estilingue, assim como a paciência. Matou e comeu um lagarto.

As abóboras estavam amadurecendo todas juntas, as plantas ficando amarelas e secas. K não tinha pensado como armazená-las. Tentou cortar a polpa em fatias e secar ao sol, mas elas apodreciam e atraíam formigas. Empilhou as trinta abóboras como uma pirâmide perto de seu abrigo; parecia um farol. Não podiam ser enterradas, precisavam de calor e secura, eram criaturas do sol. Acabou por depositá-las a intervalos de cinquenta passos, abaixo e acima do leito do rio, no meio do mato; para disfarçá-las, fez uma pasta de lama e pintou cada fruta com um padrão manchado.

Então os melões amadureceram. Comeu esses dois filhos em dias sucessivos, rezando para que o curassem. Pensou sentir-se melhor depois, embora ainda estivesse fraco. Sua polpa era cor de limo de rio alaranjado, porém mais intenso. Nunca havia comido frutas tão doces. Quanto daquela doçura vinha da semente, quanto da terra? Raspou as sementes todas, juntou e colocou para secar. De uma semente, um punhado: era isso o que significava *fartura da terra*.

Passou-se um primeiro dia em que K não saiu absolutamente de seu abrigo. Acordou à tarde, sem sentir fome nenhuma. Estava soprando um vento frio; não havia nada que precisasse de sua atenção, seu trabalho do ano estava feito. Virou-se e voltou a dormir. Quando acordou de novo, estava amanhecendo e os pássaros cantavam.

Perdeu a noção do tempo. Às vezes, acordava sufocado debaixo do casaco preto, as pernas enroladas no saco, e sabia que era de dia. Havia longos períodos em que ficava deitado num estupor cinzento, cansado demais para espantar o sono do corpo. Podia sentir os processos de seu corpo perdendo intensidade. Está se esquecendo de respirar, dizia a si mesmo, e continuava deitado sem respirar. Levantava uma mão pesada como chumbo e punha em cima do coração: lá longe, como se fosse num outro país, sentia um lânguido expandir e fechar.

Dormia durante longos ciclos celestes. Uma vez, sonhou que estava sendo sacudido por um velho. O velho usava roupas rasgadas e imundas e tinha cheiro de cigarro. Curvou-se em cima de K, agarrando seu ombro. "Tem de sair desta terra!", disse. K tentou livrar-se dele, mas a garra apertou mais forte. "Vai se dar mal!", chiou o velho.

Sonhou também com sua mãe. Estava andando ao lado dela nas montanhas. Embora as pernas dela fossem pesadas, era jovem e bonita. Ele fazia grandes gestos, indicando de horizonte a horizonte: estava feliz e excitado. As linhas verdes dos rios se destacavam do amarronzado da terra; não havia estradas, nem casas em parte alguma; o ar estava parado. Percebeu que seus loucos gestos, os grandes movimentos de cata-vento de seus braços, o colocavam em risco de perder o equilíbrio e ser levado pela borda do rochedo para o vasto vazio do espaço entre céu e terra; mas não tinha medo, sabia que iria flutuar.

Às vezes, aflorava para a vigília sem saber bem se havia dormido um dia, uma semana, ou um mês. Ocorreu-lhe que podia não estar inteiramente são. Tem de comer, dizia, e lutava para se levantar e ir buscar uma abóbora. Mas acabava relaxando de novo, esticando as pernas e bocejando num prazer sensual tão doce que não queria nada além de ficar deitado e deixar que aquilo se espalhasse dentro dele. Não tinha apetite; comer, colher coisas e forçar garganta abaixo para dentro do corpo parecia-lhe uma atividade estranha.

Então, passo a passo seu sono começou a ficar mais leve e os períodos de vigília mais frequentes. Começou a ser visitado por cadeias de imagens tão rápidas e desconexas que não conseguia acompanhá-las. Mexia-se e virava-se, insatisfeito com o sono, mas sem forças para se levantar. Começou a ter dores de cabeça; rangia os dentes, encolhendo-se a cada pulsação do sangue em seu crânio.

Houve uma tempestade. Enquanto o trovão rolou longe, K mal notou. Mas então o estrondo ocorreu diretamente em cima dele e começou a chover. A água escorreu pelos lados de seu abrigo, jorrando pelo valo, lavando o barro e inundando seu dormitório. Sentou-se, cabeça e ombros curvados debaixo das placas de ferro. Não havia nenhum lugar melhor para ir. Encolhido num canto, com a água correndo, o casaco encharcado apertado no corpo, dormiu e acordou.

Saiu para a luz do dia tremendo de frio. O céu estava encoberto, não tinha como fazer fogo. Não se pode viver assim, pensou. Vagou pelo campo, passando pela bomba. Era tudo familiar, porém sentia-se um estranho, um fantasma. Havia poças de água no chão e água no rio pela primeira vez, uma torrente marrom rápida com muitos metros de largura. Na outra margem, uma coisa clara se destacava contra o cascalho azul-chumbo. O que é isso, deslumbrou-se, um grande cogumelo branco que nasceu com a chuva? Com um susto, reconheceu uma abóbora.

O tremor não passava. Não tinha força nos membros; quando colocava um pé na frente do outro era com insegurança, como um velho. Precisou sentar de repente, e apoiou-se na terra molhada. As tarefas que o esperavam pareciam excessivas e grandes demais. Acordei muito cedo, pensou. Ainda não terminei de dormir. Desconfiava que tinha de comer para parar aquela oscilação diante de seus olhos, mas seu estômago não estava pronto. Fez um esforço para imaginar chá, uma xícara de chá quente, grosso de açúcar; de quatro no chão, bebeu numa poça.

Ainda estava sentado quando o descobriram. Ouviu o ronco dos veículos quando ainda estavam longe, mas achou que era um trovão distante. Só quando chegaram ao portão abaixo da casa da fazenda foi que os viu e se deu conta de quem eram. Pôs-se de pé, ficou tonto, sentou de novo. Um dos veículos parou diante da casa; o outro, um jipe, veio sacolejando pela estepe em sua direção. Trazia quatro homens; ficou olhando chegarem; a desesperança instalou-se dentro dele.

De início, estavam dispostos a acreditar que era simplesmente um vagabundo, um perdido que a polícia ia acabar pegando e que encontraria morada em Jakkalsdrif. "Moro na estepe", disse, respondendo à pergunta deles. "Vivo em lugar nenhum." Então, teve de apoiar a cabeça nos joelhos: sentia um martelar dentro do crânio e um gosto de bile na boca. Um dos soldados pegou seu braço entre dois dedos e o levantou. K não se livrou. O braço parecia uma coisa estranha a ele, uma vara que saía do seu corpo. "O que acha que ele come?", o soldado perguntou. "Moscas? Formigas? Gafanhotos?" K não via nada além de suas botas. Fechou os olhos; durante um tempo ficou ausente. Então alguém lhe deu um tapa no ombro e empurrou alguma coisa para ele: um sanduíche, duas grossas fatias de pão branco com salsichão no meio delas. Ele recuou e sacudiu a cabeça. "Coma, cara!", disse seu benfeitor. "Ponha uma força aí dentro de você." Pegou o sanduíche e deu uma mordida. Antes que pudesse mastigar, seu estômago começou a se retorcer a seco. Com a cabeça entre os joelhos, cuspiu o bocado de pão e carne, e devolveu o sanduíche. "Está doente", disse uma voz. "Deve ter bebido", disse outra.

Mas então encontraram sua casa, o trabalho de pedra da

parede frontal plenamente visível depois da chuva. Primeiro, um a um ficaram de quatro para olhar lá dentro. Depois, levantaram o teto e descobriram o interior tão bem-arrumado, a pá e o machado, a faca, a colher, o prato, a caneca numa prateleira cortada no cascalho, a lente de aumento, a cama de mato molhado. Levaram K para confrontar sua obra, mantendo-o de pé, não mais dispostos a ser gentis. Corriam lágrimas pelo rosto dele. "Você que fez isto?", perguntaram. Ele fez que sim com a cabeça. "Está sozinho aqui?" Ele fez que sim com a cabeça. O soldado que o segurava dobrou seu braço duramente para trás das costas. K chiou de dor. "A verdade!", disse o soldado. "É verdade", disse K.

Chegou o caminhão também; o ar ficou ruidoso de vozes, guinchos e chiados do rádio de comunicação; os soldados se juntavam para olhar K e a casa que havia construído. "Espalhem--se!", gritou um deles: "Quero a área inteira revistada! Procurem trilhas de caminhada, procurem buracos e túneis, procurem qualquer tipo de depósito!". Baixou a voz. Estava usando uniforme de camuflagem, como todos os outros; não havia insígnias para K poder saber quem estava no comando. "Está vendo que tipo de gente eles são", disse. Seus olhos se mexiam, inquietos, parecia não estar falando com ninguém em especial. "A gente acha que não tem nada e o tempo todo o chão debaixo dos nossos pés está podre de túneis. A gente olha um lugar como este e jura que não tem vivalma milhas ao redor. É só virar as costas e eles começam a sair do chão. Perguntem quanto tempo faz que está aqui." Virou-se para K e levantou a voz. "Você! Quanto tempo faz que está aqui?"

"Desde o ano passado", K disse, sem saber se era uma boa mentira ou uma má mentira.

"E quando chegam os seus amigos? Quando seus amigos vão voltar?"

K encolheu os ombros.

"Pergunte de novo", disse o oficial, virando para o outro lado. "Continue perguntando. Pergunte quando os amigos dele voltam. Pergunte quando foi a última vez em que estiveram aqui. Veja se ele tem língua. Veja se é tão idiota quanto parece."

O soldado que estava segurando K agarrou sua nuca entre o polegar e o indicador e o guiou para o chão, até ficar de joelhos, até seu rosto tocar a terra. "Ouviu o que o oficial falou", disse ele, "então me diga. Conte a sua história." Arrancou sua boina e apertou a cara de K com força na terra. Com o nariz e os lábios esmagados, K experimentou o solo úmido. Deu um suspiro. Eles o levantaram e o mantiveram de pé. Ele não abriu os olhos. "Então fale dos seus amigos", disse o soldado. K sacudiu a cabeça. Recebeu um golpe terrível na boca do estômago e desmaiou.

Passaram a tarde procurando os estoques de comida e armas que tinham certeza de estar escondidos ali. Primeiro, varreram a área em torno do açude, depois exploraram mais longe, rio abaixo e rio acima. Um deles usava um instrumento com fones de ouvido e uma caixa preta: K ficou olhando ele andar devagar pela margem do leito do rio, onde a terra era macia, enfiando uma vara no chão. Muitas abóboras, talvez todas, foram descobertas: os rapazes voltavam trazendo abóboras e as jogavam num monte à beira do campo. As abóboras só serviram para deixá-los ainda mais convencidos de que havia estoques escondidos. ("Senão, por que haveriam de deixar aqui esse macaco?", K ouviu alguém dizer.)

Queriam interrogá-lo de novo, mas estava visivelmente fraco demais. Deram-lhe chá, que ele bebeu, e tentaram argumentar com ele. "Você está doente, cara", disseram. "Olhe só como você está. Olhe como seus amigos tratam você. Estão pouco se importando com o que possa acontecer com você. Quer voltar para casa? Nós levamos você para casa e te damos uma nova chance na vida."

Sentaram-no contra a roda de um jipe. Um deles pegou a boina e jogou em seu colo. Ofereceram uma fatia de pão branco, macio. Ele engoliu um bocado, encostou de lado e vomitou tudo, junto com o chá. "Deixem ele em paz, está acabado", disse alguém. K limpou a boca na manga. Formaram um círculo à sua volta; teve a sensação de que não sabiam o que fazer.

Falou. "Não sou o que vocês estão pensando", disse. "Estava dormindo e vocês me acordaram, só isso." Não deram o menor sinal de entender.

Aquartelaram-se na casa de fazenda. Instalaram na cozinha seu próprio fogão; logo K sentiu o cheiro de tomates cozinhando. Alguém pendurou um rádio num gancho da varanda; o ar estava cheio de ritmos elétricos nervosos que o inquietavam.

Foi colocado no quarto do fim do corredor, sobre uma lona dobrada em quatro e com um cobertor por cima. Deram-lhe leite morno e dois comprimidos que disseram ser aspirina e que ele deixou de lado. Depois, quando escureceu, um rapaz lhe trouxe um prato de comida. "Veja se consegue comer pelo menos um bocado", disse. Iluminou o prato com uma lanterna. K viu duas salsichas com molho grosso, e purê de batatas. Sacudiu a cabeça e virou para a parede. O rapaz deixou o prato ao lado da cama ("Se você mudar de ideia"). Depois disso, não o perturbaram. Ele cochilou inquieto durante um tempo, perturbado com o cheiro da comida. Por fim, levantou-se e colocou o prato num canto. Alguns soldados estavam na varanda, outros na sala. Havia conversas e risos, mas nenhuma luz.

Na manhã seguinte, chegou a polícia de Prince Albert com cachorros para ajudar na busca de túneis e suprimentos escondidos. O capitão Oosthuizen reconheceu K imediatamente. "Como esquecer uma cara dessas?", falou. "Esse sujeito fugiu de Jakkalsdrif em dezembro. O nome dele é Michaels. Que nome ele deu para vocês?" "Michael", disse o oficial do Exército. "É Michaels", disse o capitão Oosthuizen. Cutucou as costelas de K com a bota. "Ele não está doente, não, é sempre assim. Não é, Michaels?"

Então levaram K de volta para o açude, onde ele ficou olhando os cachorros arrastarem seus donos para a frente e para trás pelo campo de mato e acima e abaixo pelo leito do rio, ganindo de empenho, puxando as guias, mas não podendo afinal levá-los a nada melhor que velhos buracos de porco-espinho e tocas de coelho. Oosthuizen deu um tapa do lado da cabeça de K. "Então o que quer dizer isso tudo, macaco?", perguntou. "Está brincando com a gente?" Os cachorros foram colocados de volta na perua. Todo mundo estava perdendo o interesse na busca. Os jovens soldados, parados ao sol, conversavam e bebiam café.

K sentou com a cabeça entre os joelhos. Embora estivesse com a cabeça clara, não conseguia controlar a tontura. Um filete de saliva escorreu de sua boca; ele não se deu ao trabalho de impedir. Cada grão desta terra será lavado pela chuva, disse a si mesmo, e seco pelo chão e varrido pelo vento, antes de mudar a estação. Não restará um grão com as minhas marcas, assim como minha mãe agora, depois da sua estação na terra, foi lavada, soprada e colhida nas folhas de erva.

Então, o que é, pensou, que me prende a esta terra como se fosse um lar que não posso abandonar? Temos todos de sair de casa afinal, temos todos de deixar nossas mães. Ou será que sou tão criança, tão criança numa linhagem de crianças, que nenhum de nós consegue ir embora, e temos de voltar para morrer aqui, com a cabeça no colo das nossas mães, eu no colo dela, ela no da mãe dela, e assim até lá atrás, gerações e gerações?

Houve uma pesada explosão e imediatamente uma segunda explosão. O ar estremeceu, houve um clamor de pássaros, o som rolou nas montanhas e ecoou. K olhou em torno perturbado. "Olhem!", disse um soldado, e apontou.

No lugar onde antes ficava a casa dos Visagie havia agora uma nuvem não de vapor, mas de poeira cinzenta e alaranjada, como se um redemoinho estivesse levando a casa embora. Então a nuvem parou de crescer, sua substância ficou mais fina, e um esqueleto começou a aparecer: parte da parede de trás com a chaminé, três dos suportes que sustentavam a varanda. Uma folha do forro voou pelo ar e caiu no chão, sem ruído. As reverberações continuaram, mas K não sabia mais se eram nas montanhas ou dentro de sua cabeça.

Passaram andorinhas voando, tão baixo que bastava esticar a mão para tocá-las.

Depois, houve mais explosões, que ele não olhou mais, adivinhando que os anexos estavam indo embora. Pensou: os Visagie agora não têm mais onde se esconder.

O jipe veio sacolejando pela estepe. A toda sua volta estavam limpando e empacotando. No próprio campo, porém, um soldado solitário continuava trabalhando. Estava arrancando tufos de mato e colocando cuidadosamente de lado. Com alguma ansiedade, K se levantou e cambaleou até lá. "O que está fazendo?", perguntou. O soldado não respondeu. Começou a fazer um buraco raso, colocando a terra em cima de um plástico preto. Era o terceiro buraco que cavava, K tinha visto: os outros dois tinham pilhas de terra muito bem-feitas em cima de plásticos ao lado deles, e tufos de mato com a terra ainda presa às raízes. "O que está fazendo?", perguntou de novo. A visão de um estranho cavando a sua terra o agitou mais do que imaginara. "Deixe que eu faço", ofereceu, "estou acostumado a cavar." Mas o soldado recusou, abanando a mão. Ao completar o terceiro buraco, afastou-se oito passos e estendeu mais um plástico preto. Quando a pá cortou a terra, K se abaixou e cobriu o mato com as mãos. "Por favor, meu amigo!", disse. O soldado recuou, exasperado. Alguém arrastou K de volta pelo colarinho da roupa. "Ele que não venha me encher", disse o soldado.

K ficou ao lado da bomba e observou. Depois de cavar cinco buracos, em zigue-zague, o soldado desenrolou um longo cordão branco para demarcar a área. Dois camaradas dele trouxeram uma caixa do caminhão e começaram a colocar as minas. A cada uma que colocavam e armavam, o primeiro soldado plantava a grama e colocava a terra de volta, punhado a punhado, alisando a superfície e apagando todas as pegadas com uma vassoura de mão, andando para trás de quatro no chão.

"Sai da frente aí", disse alguém atrás de K. "Vá e espere no caminhão." Era o oficial. Ao se retirar, K ouviu as instruções que estava dando: "Ponha duas nos suportes na altura da cintura. Ponha outra debaixo da plataforma. Quando pisarem em cima dela, quero que a coisa toda voe pelo ar".

Tudo empacotado, estavam prontos para partir, com K na carroceria do caminhão entre os soldados, quando alguém apontou a pilha de abóboras que havia ficado ao lado do campo. "Carreguem!", gritou o oficial de dentro do jipe. Eles carregaram as abóboras. "E arrumem lá o canil dele para ficar exatamente como era!", ordenou. Todos esperaram enquanto o teto era recolocado. "Pedras em cima para segurar, como era antes! Depressa!"

Foram embora, pulando e sacudindo pela estrada de terra, seguindo o jipe. K agarrando a alça acima de sua cabeça; dava para sentir os vizinhos de corpo duro, evitando serem jogados de encontro a ele. Uma nuvem de poeira foi se formando, até que não dava mais para ver nada do que ele estava deixando para trás.

Chegou mais perto do jovem soldado à sua frente. "Sabe", disse, "tinha um rapaz escondido naquela casa."

O soldado não entendeu. K teve de repetir.

"O que ele está dizendo?", alguém perguntou.

"Disse que tinha um outro rapaz escondido na casa."

"Diga que agora está morto. Diga que está no paraíso."

Depois de um tempo, chegaram à estrada. O caminhão ganhou velocidade, os pneus começaram a zunir, os soldados relaxaram, e a poeira assentou revelando para ele a longa linha reta da estrada de Prince Albert.

DOIS

Há um novo paciente na ala, um velhinho que desmaiou durante o treinamento físico e foi trazido para cá com respiração e pulsação muito baixas. Apresenta todos os sinais de prolongada subnutrição: rachaduras na pele, feridas nas mãos e nos pés, gengivas sangrando. Tem as juntas salientes, pesa menos de quarenta quilos. O que disseram é que foi encontrado sozinho no meio do nada no Karoo, cuidando de um posto avançado para guerrilhas que operam nas montanhas, escondendo armas e plantando alimentos, embora evidentemente não comesse nada. Perguntei aos guardas que o trouxeram para cá por que obrigavam alguém nas condições dele a fazer ginástica. Foi descuido, disseram: ele veio com um grupo novo, o processo estava demorando muito, o sargento encarregado resolveu dar alguma coisa para eles fazerem enquanto esperavam, mandou ficarem correndo no lugar. Não viu que esse homem era incapaz?, perguntei. O prisioneiro não reclamou, responderam: disse que estava bem, que sempre tinha sido magro. Vocês não enxergam a diferença entre um homem magro e uma caveira?, perguntei. Eles deram de ombros.

Estou batalhando com o novo paciente, Michaels. Ele insiste que não tem nada de errado, que só quer alguma coisa para dor de cabeça. Diz que não sente fome. Na verdade, não consegue reter o alimento. Estou mantendo alimentação intravenosa, que ele recusa debilmente.

Embora pareça um velho, diz que tem só trinta e dois anos. Talvez seja verdade. É da Cidade do Cabo e conhece o hipódromo dos dias em que ainda era hipódromo. Achou divertido saber que isto aqui era o vestiário dos jóqueis. "Eu podia ser jóquei também, com o meu peso", disse. Trabalhou para o Conselho como jardineiro, mas perdeu o emprego e foi para o campo em busca de fortuna, levando a mãe com ele. "Onde está sua mãe?", perguntei. "Ela faz as plantas crescerem", respondeu, evitando meu olhar. "Quer dizer que ela morreu?", perguntei (serve de alimento para as plantas?). Ele concordou com a cabeça. "Foi incinerada", disse. "O cabelo queimou em volta da cabeça dela como um halo."

Ele diz uma coisa dessas tão impassível quanto se estivesse falando do tempo. Não tenho certeza se vive inteiramente em nosso mundo. Quando se tenta imaginar um homem assim cuidando de um posto avançado de guerrilheiros, a cabeça dá um nó. É provável que alguém tenha aparecido e oferecido uma bebida para ele cuidar de uma arma e ele foi inocente ou burro demais para recusar. Está preso como rebelde, mas mal sabe que existe uma guerra em curso.

Agora que Felicity fez a barba dele, pude examinar sua boca. Fenda incompleta, com algum deslocamento do septo. Palato intacto. Perguntei se tinha havido alguma tentativa de corrigir esse estado. Ele não sabia. Indiquei que era uma pequena operação, mesmo na idade dele. Concordaria com uma operação se fosse possível arranjar? Ele respondeu (cito as palavras dele): "Eu sou o que eu sou. Nunca fui bom com mulher". Fiquei com vontade de dizer que, independentemente das mulheres, seria mais fácil para ele se pudesse falar como todo mundo, mas não disse nada, não quis feri-lo.

Falei dele para o Noel. Não é capaz de cuidar de um jogo de dardos, muitos menos de um posto avançado, eu disse. É uma pessoa fraca de cabeça que se viu por acaso numa zona de guerra e não teve o bom senso de ir embora. Devia estar num ambiente protegido, fazendo cestos ou enfiando contas, não em um campo de reabilitação.

Noel pegou a ficha dele. "Pelo que diz aqui", disse, "Michaels é um incendiário. É também foragido de um campo de trabalho. Estava cuidando de uma bela plantação em uma fazenda abandonada, alimentando a população da guerrilha local quando foi capturado. Essa é a história de Michaels."

Meneei a cabeça. "Eles erraram", disse. "Devem ter confundido esse com algum outro Michaels. Este Michaels é um bobo. Este Michaels não sabe como riscar um fósforo. Se este Michaels estava cuidando de uma bela plantação, por que estava morrendo de fome?"

"Por que não comia?", perguntei a Michaels, de volta à enfermaria. "Disseram que você tinha uma plantação. Por que não se alimentava?" A resposta dele: "Me acordaram no meio do sono". Devo ter feito uma cara de nada. "Não preciso comer enquanto estou dormindo."

Ele diz que o nome dele é Michael, não Michaels.

Noel está me pressionando para apressar o rodízio. A enfermaria tem oito leitos e, no momento, dezesseis pacientes, os outros oito abrigados na antiga sala de pesagem. Noel pergunta se não posso tratar deles e liberar mais depressa. Respondi que não faz sentido liberar um paciente com disenteria para a vida num campo, a menos que se queira uma epidemia. Claro que não quero uma epidemia, ele me diz; mas já houve casos de doença fingida e ele quer impedir isso. Sua responsabilidade é com o programa, respondi, a minha é com os pacientes, é isso que significa ser oficial médico. Ele me dá um tapinha no ombro. "Está fazendo um bom trabalho, não estou reclamando", diz. "Só quero que eles não fiquem pensando que somos moles."

Cai um silêncio sobre nós dois; ficamos olhando as moscas na janela. "Mas nós somos moles", sugeri.

"A gente talvez seja mole", ele responde. "Talvez a gente esteja até conspirando um pouco, no fundo da nossa cabeça. A gente talvez pense que se um dia eles chegarem e mandarem todo mundo a julgamento, alguém vai dar um passo à frente e dizer: 'Esses dois não, eles são moles'. Quem sabe? Mas não é disso que estou falando. Estou falando do fluxo. No momento, tem mais pacientes dando entrada na sua enfermaria do que saindo, e meu problema é o seguinte: você vai tomar alguma atitude a respeito?"

Quando saímos de seu escritório, foi para olhar um cabo levantando a bandeira laranja, branca e azul num mastro no meio da pista, uma banda de cinco instrumentos tocando "Uit die blou", a corneta desafinada, e seiscentos homens calados em posição de sentido, descalços, nos seus uniformes cáqui de décima mão, com as cabeças sendo endireitadas. Há um ano, ainda estávamos tentando fazer com que cantassem; mas desistimos disso.

Felicity levou Michaels para tomar um pouco de ar lá fora hoje de manhã. Passei por ele sentado na grama, com a cara virada para cima como um lagarto ao sol, e perguntei o que estava achando da enfermaria. Ele estava inesperadamente falante: "Acho muito bom não ter rádio", disse. "No outro lugar onde eu fiquei tinha um rádio tocando o tempo inteiro." Primeiro, achei que estava se referindo a outro campo, mas estava falando era da desolada instituição onde passou a infância. "Tinha música a tarde inteira e à noite, até oito horas. Era como um óleo em cima de tudo." "A música era para deixar vocês calmos", expliquei. "Senão, era capaz de um quebrar a cara do outro e atirar cadeiras pela janela. A música serve para amansar o instinto violento das pessoas." Não sei se ele entendeu, mas sorriu o seu sorriso torto. "A música me deixava inquieto", disse. "Eu ficava agitado, não conseguia pensar meus pensamentos." "E que pensamentos você queria pensar?" Ele: "Eu sempre pensava em voar. Sempre quis voar. Eu abria os braços e pensava que estava voando acima das cercas e no meio das casas. Voava baixo em cima da cabeça das pessoas, porque não podiam me ver. Quando ligavam a música, eu ficava louco para fazer isso, para voar". E ele chegou a dizer o nome de uma ou duas canções que mais o incomodavam.

Transferi-o para a cama ao lado da janela, longe do rapaz de tornozelo quebrado que antipatizou com ele, sabe Deus por que, e tenta oprimi-lo e chia para ele o dia inteiro. Quando está sentado na cama, ele agora pode ao menos ver o céu e o alto do mastro da bandeira. "Coma um pouquinho mais e pode sair para passear", eu insisto. O que ele precisa mesmo, porém, é de fisioterapia, que não podemos fornecer. É como um daqueles brinquedos feitos de varetas juntadas com elásticos. Precisa de uma dieta graduada, exercícios suaves, e de fisioterapia, de forma que um dia, logo, possa voltar à vida do campo e ter a chance de marchar para lá e para cá na pista de corrida, gritando frases, saudando a bandeira e praticando o ofício de abrir buracos e fechar de novo.

Escutei na cantina: "As crianças estão achando difícil se adaptar à vida de apartamento. Sentem falta do jardim grande e dos bichos de estimação. Tivemos de evacuar assim: três dias de aviso. Dá vontade de chorar quando penso em tudo que a gente teve de deixar para trás". Quem falava era uma mulher de cara vermelha com vestido de bolinhas, esposa, acho, de um dos oficiais da reserva. (Nos sonhos dela, um desconhecido se espreguiça em seus lençóis sem tirar as botas, ou abre o freezer e cospe dentro do sorvete.) "Não me diga para não ficar triste", disse ela. A acompanhante era uma mulherzinha magra que eu não reconheci, com o cabelo penteado para trás como de homem.

Será que algum de nós acredita no que está fazendo aqui? Duvido. O marido dela, oficial da reserva, menos ainda. Recebemos uma pista de corrida e uma determinada quantidade de arame farpado e nos dizem para modificar a alma dos homens. Não sendo peritos em almas, mas supondo cautelosamente que as almas tenham alguma ligação com o corpo, colocamos nossos detentos para fazer flexões de braço, e marchar de um lado para outro. Nós os dobramos também com números do repertório da banda de sopros e projetamos filmes de jovens em belos uniformes mostrando para velhotes grisalhos das aldeias como erradicar mosquitos e arar seguindo o relevo do terreno. Ao final do processo, verificamos se estão limpos e mandamos para os batalhões de trabalho para levar água e cavar latrinas. Nas grandes paradas militares, tem sempre uma companhia dos batalhões de trabalho marchando diante das câmeras no meio de todos os tanques, foguetes e artilharia de campo, para provar que podemos transformar inimigos em amigos; mas eles marcham com pás nos ombros, eu vi, não com armas.

Ao voltar para o campo depois da folga de domingo, me apresentei no portão com a sensação de que era um apostador pagando a entrada. BOLSÃO A, diz a placa em cima do portão principal. RESERVADO A SÓCIOS E FUNCIONÁRIOS, diz a placa em cima do portão da enfermaria. Por que não tiraram dali? Será que acreditam que a pista vai reabrir um dia desses? Será que ainda tem gente treinando cavalos de corrida em algum lugar, achando que depois de toda a confusão o mundo vai assentar e ficar igualzinho ao que era antes?

Estamos só com doze pacientes. Michaels, porém, não está progredindo. É evidente que houve uma degeneração da parede intestinal. Coloquei-o de volta numa dieta de leite desnatado.

Ele fica deitado olhando o céu pela janela, com as orelhas espetadas no crânio raspado, sorrindo seu sorriso. Quando foi trazido para cá tinha um embrulho de papel pardo que escondeu debaixo do travesseiro. Agora pegou o pacote e está segurando apertado no peito. Perguntei se contém a sua *muti*. Não, ele disse, e me mostrou sementes secas de abóbora. Isso me abalou bastante. "Tem de voltar para a sua plantação quando a guerra acabar", falei. "Vai voltar para o Karoo, vai?" Ele pareceu cauteloso. "Claro que tem terra boa na Península também, debaixo de todos esses gramados ondulantes", eu disse. "Seria bonito ver uma plantação de alimentos na Península de novo." Ele não respondeu. Peguei o pacote da mão dele e escondi debaixo do travesseiro "por segurança". Quando passei uma hora depois, estava dormindo, a boca empurrando o travesseiro, como a de um bebê.

Ele é como uma pedra, um seixo que, depois de jazer em algum lugar cuidando de suas coisas desde o começo dos tempos, é de repente apanhado e passado ao acaso de mão em mão. Uma pedrinha dura, mas consciente de seu entorno, voltada para si mesma e para sua vida interior. Ele passa por essas instituições, campos, hospitais e Deus sabe mais o que, como uma pedra. Através do intestino da guerra. Uma criatura não nascida, xucra. Não posso dizer que realmente penso nele como homem, embora provavelmente seja mais velho que eu.

Ele está estável, a diarreia controlada. Mas a pulsação está baixa, a pressão sanguínea baixa. Ontem à noite, reclamou de frio, embora na verdade as noites estejam ficando mais quentes, e Felicity teve de lhe dar um par de meias. Hoje de manhã, quando tentei ser simpático, me recusou. "Acha que vou morrer se me deixar sozinho?", perguntou. "Por que está querendo que eu fique gordo? Por que se preocupar comigo, por que eu sou tão importante?" Eu não estava com vontade de discutir. Tentei medir sua pulsação; ele se afastou com uma força surpreendente, sacudindo o braço como uma garra de inseto. Deixei-o em paz enquanto fazia a minha ronda, e voltei. Tinha uma coisa que queria dizer para ele. "Você pergunta por que é importante, Michaels. A resposta é que você não é importante. Mas isso não quer dizer que você foi esquecido. Ninguém é esquecido. Pense nos pardais. Não se vendem cinco pardais por uma ninharia? E mesmo assim eles não são esquecidos."

Ele ficou olhando o teto um longo tempo, como um velho que consulta os espíritos, depois falou. "Minha mãe trabalhou a vida inteira", disse. "Esfregava o chão dos outros, fazia comida para eles, lavava os pratos deles. Lavava a roupa suja. Lavava a banheira depois que eles usavam. Ficava de joelhos e lavava a privada. Mas quando estava velha e doente, se esqueceram dela. Deixaram encostada num canto onde ninguém via. Quando morreu, jogaram ela no fogo. Entregaram para mim uma caixa velha com cinzas e me disseram: 'Aqui está sua mãe, leve embora, ela não serve para nós'."

O rapaz de tornozelo quebrado estava na cama, de orelhas em pé, fingindo dormir.

Respondi para Michaels o mais áspero que consegui; parecia não fazer sentido estimular sua autopiedade. "Fazemos por você o que temos de fazer", eu disse. "Você não tem nada de especial, pode ficar sossegado. Quando estiver melhor, tem muito chão esperando para ser esfregado e muita privada para limpar. Quanto a sua mãe, tenho certeza que você não contou a história toda e tenho certeza que sabe disso."

Mesmo assim, ele está certo: eu presto mesmo muita atenção nele. Quem é ele, afinal? Por um lado, temos uma enchente de refugiados do campo buscando segurança nas cidades. Por outro, temos gente sem comida suficiente, cansada de viver em cinco no mesmo quarto, que foge das cidades para ganhar a vida como pode no campo abandonado. Quem é Michaels senão mais um, em uma multidão do segundo grupo? Um ratinho que abandonou um navio superlotado, a ponto de afundar. Só que, sendo rato de cidade, não sabia como viver da terra e começou a ficar com muita, muita fome. E aí teve a sorte de ser avistado e puxado para bordo de novo. Qual o motivo de tanto ressentimento?

Noel recebeu um telefonema da polícia de Prince Albert. Atacaram o suprimento de água da cidade ontem à noite. Explodiram uma bomba em parte do encanamento. Enquanto esperam os engenheiros vão ter de se virar com água de poço. Os cabos de força também caíram. Evidentemente, mais um naviozinho está afundando, enquanto os grandes navios flutuam pela escuridão, mais e mais solitários, gemendo ao peso de sua carga humana. A polícia gostaria de mais uma chance de falar com Michaels sobre os responsáveis, ou seja, os seus amigos das montanhas. A outra opção é nós mesmos fazermos algumas perguntas a ele. "Não desistiram dele ainda?", protestei com Noel. "Para que interrogar o coitado uma segunda vez? Ele está doente demais para viajar, e de qualquer forma não é responsável por si mesmo." "Está doente demais para falar conosco?", Noel perguntou. "Doente não, mas não vai conseguir que ele diga coisa com coisa", respondi. Noel pegou os papéis de Michaels de novo e mostrou para mim. Em *Categoria*, estava escrito *Opgaarder* numa clara caligrafia de policial interiorano. "O que quer dizer *Opgaarder*?", perguntei. Noel: "Como um esquilo, como uma formiga ou uma abelha". "É um novo grau?", perguntei. "Ele foi para uma escola *opgaarder* e recebeu uma medalha de *opgaarder*?"

Levamos Michaels de pijama, com um cobertor nas costas, para o armazém na extremidade do barracão. Havia latas de tinta e caixas de papelão empilhadas contra a parede, teias de aranha por todo lado, poeira grossa no chão, e nenhum lugar para sentar. Michaels nos confrontou, mal-humorado, apertando o cobertor no corpo, resoluto em cima de suas pernas de palito.

"Você está na maior merda, Michaels", disse Noel. "Seus amigos de Prince Albert andaram aprontando. Andaram incomodando. A gente precisa pegar eles, ter uma conversa com eles. E achamos que você não está ajudando tudo o que podia. Então vamos dar uma segunda chance para você. Queremos que nos conte dos seus amigos: onde eles se escondem, como podemos achar eles lá." Ele acendeu um cigarro. Michaels não se mexeu, nem tirou os olhos de nós.

"Michaels", eu disse, "Michael... tem gente que nem tem certeza se você tem alguma coisa a ver com os guerrilheiros. Se conseguir nos convencer que não estava trabalhando para eles, vai evitar uma porção de problemas e escapar de muita infelicidade. Então me diga, diga para o major: o que estava fazendo de verdade naquela fazenda quando pegaram você? Porque a gente só sabe o que lê nesses jornais de Prince Albert, e, francamente, o que eles dizem não faz sentido. Diga a verdade, conte a verdade toda, e vai poder voltar para a sua cama, não vamos mais incomodar."

Ele então se encolheu visivelmente, apertando o cobertor na garganta, os olhos brilhando para nós dois.

"Vamos lá, meu amigo!", eu disse. "Não vai machucar, só conte o que nós queremos saber!"

O silêncio prolongou-se. Noel não disse nada, passando o encargo para mim. "Vamos lá, Michaels", eu disse, "não temos o dia inteiro, tem uma guerra rolando!"

Finalmente ele falou: "Eu não estou na guerra".

Senti uma onda de irritação: "Não está na guerra? Claro que está na guerra, cara, quer queira, quer não! Isto aqui é um campo, não uma colônia de férias, não um asilo de convalescentes: isto aqui é um campo onde gente como você é reabilitada e aprende a trabalhar! Vai aprender a encher sacos de areia e cavar buracos, meu amigo, até quebrar as costas! E se não colaborar, vai para um lugar muito pior que isto aqui! Vai para um lugar onde tem de ficar de pé queimando no sol o dia inteiro e comendo casca de batata e palha de milho, e se não sobreviver, azar seu, eles riscam seu número da lista e acabou! Então, vamos lá, o tempo está passando, conte o que você estava fazendo para a gente escrever e mandar para Prince Albert! O major aqui é um homem ocupado, não está acostumado a perder tempo, largou a aposentadoria dele para cuidar deste belo campo e ajudar gente como você. Tem de colaborar."

Ainda enrolado, pronto para escapar de mim se eu fraquejasse, ele deu sua resposta. "Não sou bom com as palavras", disse. Mais nada. Molhou os lábios com sua língua de lagarto.

"A gente não está querendo que você seja nem esperto nem burro com as palavras, cara, só que diga a verdade!"

Ele sorriu, esperto.

"Esse canteiro que você cultivava", disse Noel, "o que você plantava lá?"

"Era uma horta."

"Horta para quem? Para quem você dava as verduras?"

"Não eram minhas. Elas nascem da terra."

"Perguntei para quem você dava."

"Os soldados levaram."

"Você ficou bravo quando os soldados levaram suas verduras?"

Ele deu de ombros. "O que cresce é para todo mundo. Todo mundo é filho da terra."

Eu intervim então. "Sua mãe está enterrada naquela fazenda, não está? Você não me disse que sua mãe está enterrada lá?"

O rosto dele fechou-se como uma pedra, eu pressionei, farejando uma vantagem. "Você me contou a história da sua mãe, mas o major não ouviu. Conte para o major a história da sua mãe."

Mais uma vez observei como ele fica perturbado quando tem de falar da mãe. Os dedos de seus pés se enrolaram no chão, lambeu a fenda do lábio.

"Conte para nós dos seus amigos que chegam no meio da noite e queimam fazendas e matam mulheres e crianças", disse Noel. "É isso que eu quero saber."

"Fale do seu pai", disse eu. "Você fala muito da sua mãe, mas nunca menciona seu pai. O que aconteceu com seu pai?"

Ele fechou a boca obstinadamente, a boca que nunca fechava totalmente, e olhou, furioso.

"Você não tem filhos, Michaels?", perguntei. "Um homem da sua idade, não tem mulher e filhos escondidos em algum lugar? Por que é só você sozinho? Cadê a sua aposta no futuro? Quer que a história termine em você? Ia ser uma história triste, não acha?"

Houve um silêncio tão denso que parecia um tinido em meus ouvidos, um silêncio do tipo que existe em poços de mina, porões, abrigos de bombardeio, lugares sem ar.

"Trouxemos você aqui para conversar, Michaels", eu disse. "Nós te demos uma boa cama e um monte de comida, você pode ficar deitado o dia inteiro e olhar os passarinhos voando no céu, mas queremos uma coisa em troca. É hora de entregar, meu amigo. Você tem uma história para contar e a gente quer ouvir. Comece onde quiser. Conte da sua mãe. Conte do seu pai. Conte o que acha da vida. Ou se não quiser falar da sua mãe, nem do seu pai, nem da sua visão da vida, fale dessa recente experiência agrícola e dos amigos da montanha que aparecem para fazer uma visita e uma refeição de quando em quando. Conte o que nós queremos saber, que deixamos você em paz."

Fiz uma pausa; ele ficou olhando, como uma pedra. "*Fale*, Michaels", resumi. "Sabe como é fácil falar, agora *fale*. Me escute, escute como é fácil encher esta sala com palavras. Conheço gente que consegue falar o dia inteiro sem se cansar, que é capaz de encher mundos inteiros falando." Noel chamou minha atenção, mas insisti. "Faça alguma coisa de importante, cara, senão vai passar pela vida sem ninguém notar. Vai ser um dígito a mais numa coluna de dígitos no fim da guerra, quando eles fizerem a grande conta para calcular a diferença, mais nada. Quer ser só mais um dos que se acabaram, quer? Quer viver, não quer? Bom, então *fale*, deixe a gente ouvir sua voz, conte a sua história! Estamos ouvindo! Onde mais no mundo você vai encontrar dois cavalheiros civilizados e bem-educados prontos para ouvir a sua história o dia inteiro e a noite inteira, se precisar, e anotando tudo ainda por cima?"

Sem nenhum aviso, Noel saiu da sala. "Espere aqui, já volto", ordenei a Michaels e saí atrás dele, depressa.

No corredor escuro, detive Noel e insisti com ele. "Não vai conseguir nunca que diga alguma coisa razoável", disse, "está vendo isso. É um simplório, e nem um simplório interessante. É um pobre coitado que permitiram que escapasse do campo de batalha, se me permite usar a expressão, do campo de batalha da vida, quando devia estar trancado em uma instituição de muros altos, enchendo almofadas ou molhando canteiros. Escute o que estou dizendo, Noel, tenho um pedido muito sério para fazer. Deixe Michaels ir embora. Não tente bater para ele falar..."

"Quem falou em bater?"

"... não force para ele falar, porque sinceramente ele não tem nada para falar. No sentido mais profundo do termo, ele não sabe o que está fazendo: fiquei observando dias e dias e tenho certeza disso. *Invente alguma coisa para o relatório.* Que tamanho tem essa gangue guerrilheira do Swartberg? Vinte homens? Trinta homens? Diga que ele falou que são vinte homens, sempre os mesmos vinte. Que eles vão à fazenda a cada quatro, cinco, seis semanas, que nunca dizem quando vêm de novo. Ele sabia os nomes, mas só os primeiros nomes. Faça uma lista de primeiros nomes. Faça uma lista das armas que usam. Diga que tinham um campo em algum lugar na montanha, que nunca contaram a ele exatamente onde, a não ser que era bem no alto, que levava dois dias para chegar lá da fazenda, a pé. Diga que dormiam em cavernas e tinham mulheres com eles. Crianças também. Basta isso. Faça um relatório e mande. É o que basta para manter eles longe da gente, para a gente continuar com o nosso trabalho."

Ficamos ali parados debaixo do sol da primavera.

"Então você quer que eu invente uma mentira e assine meu nome embaixo."

"Não é mentira, Noel. É provável que a história que eu contei para você tenha mais verdade do que você jamais arrancaria de Michaels sob tortura."

"E se esse bando não viver nas montanhas? E se viverem em Prince Albert, trabalhando quietinhos de dia, cumprindo suas funções, e depois, quando as crianças dormem, tiram as armas de debaixo das tábuas do assoalho e saem no escuro explodindo coisas, começando incêndios, aterrorizando as pessoas? Já pensou nessa possibilidade? Por que você quer tanto proteger o Michaels?"

"Não estou protegendo, Noel! Quer passar o resto do dia naquele buraco sujo arrancando uma história de um pobre coitado que mete os pés pelas mãos, que estremece nas calças quando pensa na mãe com o cabelo pegando fogo que lhe aparece em sonho, que acredita que os bebês são encontrados debaixo dos pés de repolho? Noel, nós temos mais o que fazer! *Não tem nada aí*, estou dizendo, e se você entregar o pobre para a polícia, vão chegar à mesma conclusão: não tem nada ali, nenhuma história com o menor interesse para gente racional. Eu tenho observado o comportamento dele, eu sei! Ele não é deste mundo. Vive num mundo todo dele."

Então, Michaels, o resumo da história é que com a minha eloquência eu te salvei. Vamos inventar uma história para satisfazer a polícia, e em vez de voltar para Prince Albert algemado na traseira de uma perua em uma poça de urina, você pode ficar deitado em lençóis limpos, ouvindo o arrulhar dos pombos nas árvores, cochilando, pensando seus pensamentos. Espero que me agradeça um dia.

Incrível, porém, que você tenha sobrevivido trinta anos nas sombras da cidade, que tenha passado uma temporada livre e desimpedido em plena zona de guerra (se é que podemos acreditar na sua história), e saído ileso, quando manter você vivo é como manter vivo o patinho mais fraco, ou o miudinho da ninhada de gatos, ou o filhotinho expulso do ninho. Sem documentos, sem dinheiro; sem família, sem amigos, sem nenhum sentido de quem é você. O mais obscuro dos obscuros, tão obscuro que chega a ser um prodígio.

O primeiro dia quente do verão, um dia de praia. Em vez disso, um novo paciente foi trazido apresentando febre alta, tontura, vômitos, inchaço dos nódulos linfáticos. Isolei-o na antiga sala de pesagem, e mandei amostras de sangue e urina para análise em Wynberg. Meia hora atrás, passando pela sala de correio, notei o pacote ainda lá com a cruz vermelha e o carimbo de URGENTE bem claro para todo mundo ver. A perua de correio não vem hoje, disse o atendente. Não dava para mandar por um mensageiro de bicicleta? Não tem mensageiro, respondeu ele. Não é questão de um prisioneiro só, eu disse, mas da saúde do campo inteiro. Ele deu de ombros. *Môre is nog 'n dag.* Por que a pressa? Em cima da mesa dele, uma revista de mulher pelada.

Atrás da parede do oeste, atrás dos tijolos e do arame farpado, os carvalhos ao longo da Rosmead Avenue explodiram num denso verde-esmeralda estes últimos dias. Da avenida vem o clip-clop dos cascos dos cavalos, e, agora, de outra direção, do campo de exercícios, o esforço de um pequeno coral da igreja de Wynberg que vem a cada dois domingos, com seu acordeonista, cantar para os prisioneiros. "Loof die Heer" estão cantando, o número de encerramento, depois do qual os prisioneiros são levados de volta para o Bloco D para a refeição de *pap* e feijão com molho. Para suas almas têm um coro e um pastor (não há carência de pastores), para seus corpos, um oficial médico. Assim, não lhes falta nada. Dentro de poucas semanas, vão embora decretados puros de coração e prontos para o que der e vier, e haverá seiscentos novos rostos chegando. "Se não fizer isso, outro fará", diz Noel, "e esse alguém será pior que eu." "Pelo menos os prisioneiros deixaram de morrer de causas não naturais desde que assumi o comando", diz Noel. "A guerra não pode durar para sempre", diz Noel, "vai ter de acabar um dia, como tudo." Os ditados do major Van Ransburg. "Mesmo assim", digo, quando é minha vez de falar, "quando acabarem os tiroteios e as sentinelas fugirem e o inimigo entrar pelos portões sem combate, vão querer encontrar o comandante do campo na sua escrivaninha com um revólver na mão e uma bala na cabeça. É esse o gesto que eles esperam, apesar de tudo." Noel não respondeu, embora eu ache que ele deve ter pensado nisso tudo.

Ontem, dei alta para Michaels. Na ficha de dispensa, especifiquei claramente dispensa de exercícios físicos por um mínimo de sete dias. No entanto, quando saí da tribuna principal hoje de manhã, a primeira coisa que vi foi Michaels se arrebentando junto com os outros na pista, despido até a cintura, um esqueleto se arrastando atrás de quarenta vigorosos corpos humanos. Chamei a atenção do oficial de serviço. A resposta dele: "Quando ele não aguentar mais, pode cair fora". Protestei: "Ele vai é cair morto. O coração dele vai parar". "Ele andou inventando histórias para você", respondeu ele. "Não acredite em tudo o que dizem esses fodidos. Não tem nada de errado com ele. Por que está tão interessado afinal? Olhe." Ele apontou, Michaels passou por nós, de olhos fechados, respirando profundamente, o rosto tranquilo.

Talvez eu tenha mesmo acreditado demais nas suas histórias. Talvez a verdade seja simplesmente que ele precisa comer menos que outras pessoas.

Eu estava errado. Não devia ter hesitado. Dois dias depois e ele está de volta. Felicity foi até a porta e lá estava ele, pendurado entre dois guardas, inconsciente. Ela perguntou o que aconteceu. Eles fingiram não saber. Pergunte para o sargento Albrechts, disseram.

Ele está com as mãos e os pés frios feito gelo, o pulso muito fraco. Felicity o embrulhou em cobertores com garrafas de água quente. Apliquei uma injeção e depois fiz com que tomasse glicose e leite por sonda.

Albrechts considera o caso como simples insubordinação. Michaels se recusa a participar das atividades prescritas. Como castigo, fez com que se exercitasse: agachamentos e saltos-estrela. Depois de meia dúzia dessas coisas, ele apagou e não voltava a si.

"O que ele estava se recusando a fazer?", perguntei.

"A cantar", disse ele.

"Cantar? Ele não é bom da cabeça, cara, nem fala direito, como é que você quer que cante?"

Ele deu de ombros. "Não fazia mal nenhum ele tentar", respondeu.

"E como você pode dar exercícios físicos de castigo? Está mais fraco que um bebê, não dá para ver, não?"

"É a regra", respondeu.

Michaels está consciente de novo. A primeira coisa que fez foi arrancar a sonda do nariz; Felicity chegou tarde demais para impedir. Ele agora está deitado perto da porta, debaixo de uma pilha de cobertores, parecendo um cadáver, se recusando a comer. Com o braço-palito empurra o frasco de alimentação. "Não é o tipo de coisa que eu como", é tudo o que diz.

"E que diabos você come?", pergunto. "E por que está nos tratando assim? Não está vendo que a gente está tentando ajudar?" Ele dá um olhar de serena indiferença que realmente me deixa furioso. "Tem centenas de pessoas morrendo de fome todo dia e você não come! Por quê? Está de jejum? É uma greve de fome? É isso? Você está protestando contra o quê? Quer sua liberdade? Se a gente soltar você, se colocarmos você na rua nesse estado, vai morrer dentro de vinte e quatro horas. Não pode cuidar de si mesmo, não sabe como. Felicity e eu somos as únicas pessoas no mundo que se dão ao trabalho de te ajudar. Não porque você seja especial, mas porque é o nosso trabalho. Por que você não colabora?"

Esse bate-boca aberto causou uma grande agitação na ala. Todo mundo ouviu. O rapaz que eu desconfiava estar com meningite (e que eu peguei ontem enfiando a mão embaixo da saia de Felicity) se ajoelhou na cama, se esticando para olhar, um grande sorriso na cara. A própria Felicity parou de fingir que estava passando o esfregão.

"Nunca pedi tratamento especial", grasnou Michaels. Virei as costas e saí.

Você nunca pediu nada, e assim mesmo virou um albatroz pendurado no meu pescoço. Seus braços ossudos estão em volta da minha cabeça, e ando curvado com o seu peso.

Mais tarde, quando as coisas acalmaram na ala, voltei e sentei ao seu lado na cama. Esperei durante um longo tempo. Você finalmente abriu os olhos e falou. "Não vou morrer", você disse.

"Não posso comer a comida daqui, só isso. Não posso comer comida de campo."

"Por que não dá alta para ele?", insisti com Noel. "Amanhã de noite vou com ele até o portão, coloco uns rands no bolso dele e o expulso daqui. Aí, vai ter de se defender sozinho como ele quer. Você passe a alta que eu faço um relatório para você: 'Causa da morte: pneumonia, subsequente a subnutrição crônica anterior à admissão'. Podemos riscar o nome dele da lista e não precisamos mais pensar nisso."

"Estou pasmo com esse seu interesse nele", disse Noel. "Não me peça para adulterar os dados, não vou fazer uma coisa dessas. Se ele vai morrer, se está se matando de fome, deixe morrer. É simples."

"Não é questão de morrer", eu disse. "Não é que ele queira morrer. Ele simplesmente não gosta da comida daqui. Desgosta profundamente. Não aceita nem comida de bebê. Talvez só coma o pão da liberdade."

Caiu um silêncio estranho entre nós.

"Quem sabe eu e você também não poderíamos gostar da comida do campo", insisti.

"Você viu como ele estava quando trouxeram", disse Noel. "Já era uma caveira. Estava vivendo sozinho numa fazenda, livre como um pássaro, comendo o pão da liberdade, e mesmo assim chegou aqui parecendo uma caveira. Parecia que tinha saído de Dachau."

"Talvez ele seja um homem muito magro", eu disse.

A enfermaria estava escura, Felicity dormindo no quarto dela. Parei ao lado da cama de Michaels com uma lanterna, sacudi-o até que acordou e protegeu os olhos. Falei sussurrando, me curvando tão perto que senti o cheiro de fumaça que ele tem às vezes, apesar das abluções.

"Michaels, tem uma coisa que eu quero te dizer. Se você não comer, vai morrer de verdade. É só isso. Vai levar tempo, não vai ser agradável, mas no fim você vai morrer com certeza. E eu não vou fazer nada para impedir. Seria fácil para mim amarrar você, prender sua cabeça e colocar uma sonda enfiada na sua garganta para te alimentar, mas não vou fazer uma coisa dessas. Vou tratar você como homem livre, não como criança, nem como animal. Se você quer jogar fora sua vida, que seja, a vida é sua, não minha."

Ele tirou a mão dos olhos e limpou profundamente a garganta. Parecia estar para falar, mas em vez disso sacudiu a cabeça e sorriu. À luz da lanterna, seu sorriso era repulsivo, como de um tubarão.

"Que tipo de comida você quer?", sussurrei. "Que tipo de comida você estaria disposto a comer?"

Estendendo uma mão lenta, ele empurrou a lanterna. Depois virou para o lado e voltou a dormir.

O período de treinamento para os admitidos em setembro terminou, e hoje de manhã uma longa fila de homens descalços, com um tambor à frente e ladeada por guardas armados, parte para a marcha de doze quilômetros até o pátio da estrada de ferro e é despachada para as terras altas. Deixam para trás meia dúzia deles, classificados como intratáveis e trancafiados à espera de serem despachados para Muldersus, junto com outros três da enfermaria que não conseguem andar. Michaels está entre esses últimos: nada passou por seus lábios desde que se recusou a ser alimentado por sonda.

Há um cheiro de sabão fênico na brisa e uma quietude agradável. Eu me sinto aliviado, quase feliz. Será que vai ser assim quando a guerra acabar e o campo for fechado? (Ou será que o campo não será fechado nem então, campos com muros altos tendo sempre os seus usos?) Todo mundo, a não ser uma equipe básica, está de folga de fim de semana. Na segunda-feira, as admissões de novembro devem chegar. O serviço ferroviário deteriorou tanto, porém, que só dá para fazer planos para um ou dois dias. Houve um ataque a De Aar semana passada, com importantes danos nos pátios. A notícia não saiu nos boletins, mas Noel ouviu de fonte segura.

Comprei uma moranga de um vendedor de rua na Main Road hoje, cortei em fatias finas e grelhei na torradeira. "Não é abóbora", disse para Michaels, acomodando-o sobre travesseiros, "mas o gosto é quase igual." Ele deu uma mordida, e fiquei olhando enquanto revirava aquilo na boca. "Gosta?", perguntei. Ele sacudiu a cabeça que sim. Polvilhei a moranga com açúcar, mas não consegui encontrar canela. Depois de algum tempo, para poupá-lo do constrangimento, saí de perto. Quando voltei, estava deitado, o prato vazio a seu lado. Acho que a próxima vez que Felicity for varrer vai encontrar a moranga debaixo da cama, coberta de formigas. Uma pena.

"O que convenceria você a comer?", perguntei a ele, depois.

Ficou em silêncio tanto tempo que achei que tinha adormecido. Então limpou a garganta. "Ninguém antes estava interessado no que eu comia", disse. "E eu me pergunto por quê."

"Porque não quero ver você morrer de fome. Porque não quero que ninguém aqui morra de fome."

Duvido que tenha me ouvido. Os lábios rachados continuaram se mexendo, como se houvesse alguma cadeia de pensamentos que tinha medo de perder. "Eu me pergunto: o que sou eu para esse homem? Eu me pergunto: o que interessa para esse homem se eu vivo ou morro?"

"Podia perguntar também por que não fuzilamos prisioneiros. É a mesma pergunta."

Ele sacudiu a cabeça de um lado para outro, depois, sem avisar, abriu as grandes poças escuras dos seus olhos para mim. Havia mais alguma coisa que eu queria dizer, mas não consegui falar. Parecia bobagem argumentar com uma pessoa que olhava para você como se fosse do além-túmulo.

Durante algum tempo, ficamos olhando um para o outro. Depois, me vi falando, não mais alto que um sussurro. Enquanto falava, pensei: rendição. Deve ser a sensação de se render. "Posso fazer a mesma pergunta para você", eu disse, "a mesma pergunta que você fez: o que sou eu para esse homem?" Ainda mais baixo, sussurrei, com o coração martelando: "Não pedi para você vir aqui. Estava tudo bem comigo antes de você aparecer. Eu era feliz, feliz como dá para ser num lugar como este. Portanto, eu também pergunto: por que eu?".

Ele havia fechado os olhos de novo. Minha garganta estava seca. Saí de perto dele, fui até o banheiro, bebi água, e durante um longo tempo ali fiquei olhando a pia, cheio de arrependimento, pensando nos problemas futuros, pensando, não estou pronto. Voltei até ele com um copo de água. "Mesmo que não coma, você tem de beber", disse. Ajudei-o a sentar e tomar uns poucos goles.

Caro Michaels,

A resposta é: porque quero saber a sua história. Quero saber como foi que você especificamente se juntou a uma guerra, uma guerra onde não tem lugar para você. Você não é soldado, Michaels, é uma figura de brincadeira, um clown, um desarticulado. O que tem a ver com este campo? Aqui não tem nada que possa reabilitar você da mãe vingativa de cabelos de fogo que lhe vem em sonhos. (Será que entendi direito essa parte da história? Foi assim que entendi, pelo menos.) E nós podemos reabilitar você para quê? Para fazer cestos? Cortar gramados? Você é igual a um bicho-pau, Michaels, cuja única defesa contra um universo de predadores é a sua forma estranha. Você é como um bicho-pau que pousou, sabe Deus como, no meio de um grande pátio nu de concreto. Levanta devagar as perninhas frágeis de palito uma de cada vez, olhando em volta, procurando alguma coisa onde se disfarçar, e não há nada. Por que saiu do mato, Michaels? Lá é o seu lugar. Devia ter ficado a vida inteira pendurado numa moita igual às outras num canto tranquilo de um jardim obscuro em um subúrbio sossegado, fazendo tudo o que faz um inseto desses para manter a vida, mascando uma folha aqui outra ali, comendo um ou outro pulgão, bebendo orvalho. E se me permite falar de assuntos pessoais, devia ter se livrado ainda pequeno dessa sua mãe, que parece uma matadora de verdade. Devia ter achado para você uma outra moita o mais longe possível dela para embarcar numa vida independente. Você cometeu um grande erro, Michaels, quando amarrou sua mãe nas costas e fugiu da cidade incendiada para a segurança do campo. Porque quando penso em você carregando sua mãe, ofegando com seu peso, sufocado com a fumaça, desviando das balas, realizando todos os outros feitos de piedade filial que sem dúvida realizou, penso também nela sentada em cima dos seus ombros, comendo o seu cérebro, olhando em torno triunfante, a própria encarnação da Mãe Morte. E agora que ela foi embora, você planeja ir atrás dela. Fico imaginando, Michaels, o que você vê quando arregala tanto os olhos, porque com certeza você não me vê, com certeza não vê as paredes brancas e as camas vazias da enfermaria, nem vê Felicity com seu turbante branco como a neve. O que você vê? É sua mãe em seu círculo de cabelos de fogo, rindo e chamando você com um dedo torto para passar pela cortina de luz e ir se encontrar com ela no outro mundo? Será que isso explica a sua indiferença pela vida?

Uma outra coisa que eu gostaria de saber é que comida era essa que você comia no mato que tornou todas as outras comidas sem gosto para você. A única comida que você mencionou foi abóbora. Você tem sementes de abóbora com você. Será que abóbora é a única comida que conhecem no Karoo? Devo acreditar que viveu um ano inteiro comendo abóbora? O corpo humano não é capaz disso, Michaels. O que mais você comia? Caçava? Será que fez um arco e flecha, e caçava? Comia raízes e frutas? Comia gafanhotos? Seus documentos dizem que era um *opgaarder*, um estoquista, mas não dizem o que você estocava. Era maná? Será que caía maná do céu para você, e você estocava em recipientes subterrâneos para seus amigos virem e comerem de noite? É por isso que não come a comida do campo, porque ficou mimado para sempre com o gosto do maná?

Devia ter se escondido, Michaels. É muito descuidado consigo mesmo. Devia ter rastejado para o canto mais escuro do buraco mais fundo e ter se armado de paciência até a agitação terminar. Achou que era um espírito invisível, um visitante em nosso planeta, uma criatura acima do alcance das leis das nações? Bom, as leis das nações agora têm você em suas garras: elas prenderam você numa cama na tribuna principal do velho hipódromo Kenilworth, vão reduzir você a pó, se necessário. As leis são feitas de ferro,

Michaels, espero que esteja aprendendo isso. Você pode emagrecer quanto quiser que elas não relaxam. Não existe lugar para almas universais, a não ser talvez na Antártica ou em alto-mar.

Se não ceder, vai morrer, Michaels. E não pense que vai simplesmente definhar, ficar mais e mais insubstancial até ser todo alma e poder voar para o éter. A morte que escolheu é cheia de dor e sofrimento, vergonha e arrependimento, e ainda vai ter de aguentar muitos dias antes de chegar o alívio. Você vai morrer, e sua história vai morrer também, para todo o sempre, a menos que você crie juízo e me escute. Escute, Michaels. Sou o único que pode te salvar. Sou o único que percebe a alma original que você é. Sou o único que se importa com você. Só eu vejo você não como um caso fácil para um campo fácil, nem como um caso duro para um campo duro, mas como uma alma humana acima e abaixo de classificação, uma alma abençoadamente intocada por doutrinas, intocada pela história, uma alma que bate as asas dentro desse rígido sarcófago, murmurando por trás dessa máscara de palhaço. Você é precioso, Michaels, do seu jeito; é o último da sua classe, uma criatura que sobrou de uma era anterior, como o celacanto, ou o último homem que falava a língua yaqui. Nós todos tropeçamos e caímos dentro do caldeirão da história: só você, ao seguir sua luz idiota, ao perder tempo num orfanato (quem haveria de pensar *nisso* como esconderijo?), ao escapar da paz e da guerra, ao se esconder no aberto onde ninguém sonharia olhar, conseguiu sobreviver do jeito antigo, flutuando pelo tempo, observando as estações, sem tentar mudar o rumo da história mais do que um grão de areia tentaria. Temos de valorizar você e celebrar você, temos de colocar suas roupas em uma vitrine num museu, suas roupas e seu saco de sementes de abóbora também, com uma legenda; deviam colocar uma placa na parede da tribuna para comemorar sua estada aqui. Mas não é assim que vai ser. A verdade é que você vai perecer na obscuridade, e ser enterrado num buraco sem nome num canto do hipódromo, já que o transporte para Woltemade está fora de questão nos dias de hoje, e ninguém vai se lembrar de você a não ser eu, a menos que você ceda e abra a boca afinal. Eu apelo a você, Michaels: *ceda*!

Um amigo

Depois de uma porção de rumores, finalmente uma informação definida sobre os internos deste mês. O grupo principal está retido na linha de Reddersburg, esperando transporte. Quanto ao grupo de Eastern Cape, não vai mais vir: o campo provisório de Uitenhage não tem mais funcionários para separar os prisioneiros em duros e fáceis, e todos os detentos daquele setor estão sendo colocados em campos de segurança máxima até segunda ordem.

Então o clima de acampamento de férias em Kenilworth vai continuar. Marcaram uma partida de críquete para amanhã entre os funcionários do campo e um time do Quartermaster-General. Grande atividade no meio da pista, com o cortador de grama rolando para fazer um campo. Noel vai capitanear o time. Faz trinta anos que não joga, disse. Não consegue encontrar uma calça branca que sirva.

Quem sabe se as estradas continuarem explodindo e os transportes suspensos em toda parte, o Castle esqueça da gente e nos deixe sossegados enquanto durar a guerra, tranquilamente esquecidos atrás dos nossos muros.

Noel veio fazer uma inspeção. Havia só dois prisioneiros na

enfermaria, Michaels e um caso de concussão. Discutimos sobre Michaels, em voz baixa, embora ele estivesse dormindo. Ele ainda pode ser salvo se puser uma sonda, disse para Noel, mas reluto em fazer viver alguém que não quer viver. O regulamento está claramente a meu favor: nada de alimentação forçada, nada de prolongar artificialmente a vida. (Também: não dar publicidade a greves de fome.) "Quanto tempo mais ele vai durar?", Noel perguntou. Talvez duas semanas, talvez até três, respondi. "Pelo menos é um fim tranquilo", disse ele. Não, eu disse, é um fim doloroso e aflitivo. "Não tem alguma injeção que você possa dar?", ele perguntou. "Para ele apagar?", eu disse. "Não, não digo para ele apagar", respondeu, "só para tornar a passagem mais tranquila para ele." Recusei. Não posso assumir essa responsabilidade enquanto ainda há uma chance de ele mudar de ideia. Deixamos as coisas assim.

A partida de críquete foi jogada e perdida, com a bola voando para fora da grama irregular do campo e os batedores pulando para não serem atingidos. Noel, vestindo um jogging branco e vermelho que o deixava parecido com Papai Noel de ceroulas, rebateu a número onze e falhou na primeira bola. "Onde aprendeu a jogar críquete?", perguntei. "Em Moorreesburg, nos anos 1930, no pátio da escola, na hora do lanche", ele respondeu.

Parece-me a melhor pessoa que temos.

Festa até tarde da noite depois do jogo. Uma revanche ficou marcada para fevereiro, em Simonstown, se ainda estivermos por aqui.

Noel está muito desanimado. Hoje ficou sabendo que Uitenhage foi só o começo, que a distinção entre campos de reabilitação e campos de internação vai ser abolida. Baardskeer-dersbos vai ser fechado e os outros três, inclusive Kenilworth, transformados em campos de internação normais. Parece que a reabilitação é um ideal que não conseguiu ser aprovado; quanto aos batalhões de trabalho, podem ser fornecidos do mesmo jeito nos campos de internação. Noel: "Quer dizer que vão internar soldados endurecidos pelo campo de batalha aqui em Kenilworth, no coração de uma área residencial, atrás de uma parede de tijolos e duas fileiras de arame farpado, sem nada além de um punhado de velhos, meninos e cardíacos para ficar de guarda?". A resposta: As limitações do campo de Kenilworth foram registradas. Haverá modificações nas instalações, inclusive luzes e torres de guarda, antes de ser reaberto.

Para mim, Noel confessa que está pensando em pedir demissão: tem sessenta anos, já deu o bastante de sua vida ao Exército, tem uma filha viúva que está insistindo para ele ir morar com ela em Gordon's Bay. "Precisam de um homem de ferro para cuidar de um campo de ferro. Não sou esse tipo de homem." Não pude discordar. Não ser de ferro é a sua maior virtude.

Michaels foi embora. Deve ter escapado durante a noite. Felicity descobriu sua cama vazia quando chegou de manhã, mas não contou ("Achei que tinha ido ao banheiro"...!). Só às dez horas foi que eu descobri. Agora, pensando bem, dá para ver como deve ter sido fácil, ou deveria ser para qualquer pessoa com saúde normal. Com o campo quase vazio, as únicas sentinelas em serviço estavam no portão principal e no portão do complexo de pessoal. Não havia patrulhas nos muros, e o portão lateral estava simplesmente trancado. Não havia ninguém dentro para escapar, e quem de fora haveria de arrombar para entrar? Bem, esquecemos de Michaels. Ele deve ter saído na ponta dos pés, trepado no muro, sabe Deus como, e fugido. O arame não parece ter sido cortado; se bem que Michaels é magro o suficiente para passar no meio de qualquer coisa.

Noel está num dilema. O procedimento-padrão é relatar a fuga e passar a responsabilidade para a polícia civil. Mas, nesse caso, haverá uma investigação, e o relaxado estado de coisas daqui sem dúvida vai aparecer: metade do pessoal em licença de dois dias, patrulhas a pé irregulares etc. A alternativa é inventar um atestado de óbito e deixar Michaels em paz. Estou insistindo com Noel para tomar esse curso. "Pelo amor de Deus, encerre a história de Michaels aqui e agora", eu disse. "O coitado do simplório foi embora como um cachorro doente para morrer num canto. Deixe que ele vá, não o arraste de volta para ser forçado a morrer aqui debaixo de refletores, com estranhos olhando." Noel sorriu. "Você ri", eu disse, "mas o que estou dizendo é verdade: gente como Michaels está em contato com coisas que eu e você não entendemos. Eles escutam o chamado dos grandes mestres do bem e obedecem. Nunca ouviu falar dos elefantes?"

"Michaels não devia nunca ter vindo para este campo", continuei. "Foi um erro. Na verdade, a vida dele foi um erro do começo ao fim. É uma coisa cruel de dizer, mas vou dizer: ele é o tipo de sujeito que nunca devia ter nascido num mundo destes. Teria sido melhor se tivesse sido sufocado pela mãe quando ela viu o que ele era, e jogado na lata de lixo. Agora, pelo menos, deixe ele ir embora em paz. Eu faço um atestado de óbito, você assina, algum funcionário do Castle arquiva sem nem olhar, e assim termina a história de Michaels."

"Estava usando pijama cáqui que é propriedade do campo", disse Noel. "Se for pego pela polícia, vão perguntar de onde veio, ele vai dizer que veio de Kenilworth, vão verificar e descobrir que não houve nenhuma informação de fuga, e vai ser um inferno."

"Ele não estava com o pijama", respondi. "O que ele encontrou para vestir eu não sei, mas deixou o pijama. Quanto a informar que veio de Kenilworth, não vai fazer isso pela simples razão de que não quer voltar para Kenilworth. Vai contar uma daquelas histórias dele, por exemplo, que veio do Jardim do Paraíso. Pegar o pacote de sementes de abóbora e sacudir para eles, e dar um daqueles sorrisos dele, e vão mandar ele direto para o hospício, se os hospícios ainda não tiverem sido fechados. Nunca mais vai ouvir falar de Michaels, Noel, juro. Além disso, sabe quanto ele pesa? Trinta e cinco quilos, só pele e ossos. Faz duas semanas que não come nada. O corpo dele perdeu a capacidade de digerir alimentos normais. Estou surpreso que tenha tido força para levantar e sair andando; é um milagre ter pulado o muro. Quanto mais ele pode durar? Uma noite ao relento e vai morrer. O coração dele vai parar."

"Por falar nisso", disse Noel, "alguém verificou se não está deitado aí fora em algum lugar, se não caiu direto do outro lado ao subir no muro?" Eu me levantei. "Porque a última coisa que precisamos", continuou, "é a notícia de um corpo caído fora do campo cheio de moscas voando em cima. Não é sua função, mas se quiser conferir, por favor, faça isso. Pode levar meu carro."

Não peguei o carro, mas fiz um circuito do campo a pé. Havia mato crescendo cerrado à volta toda do campo; ao longo da parede dos fundos tive de batalhar com mato até a altura do joelho. Não vi nenhum corpo, nem falhas no arame. Meia hora depois, estava de volta aonde havia começado, um pouco surpreso de ver como um campo pode parecer pequeno pelo lado de fora, quero dizer, quando para aqueles que moram dentro dele é todo um universo. Então, em vez de voltar para fazer o relatório para Noel, desci a Rosmead Avenue pelos retalhos de sombra dos carvalhos, gozando a calma do meio-dia. Um velho passou por mim numa bicicleta que rangia a cada pedalada. Levantou a mão em saudação. Ocorreu-me que se fosse atrás dele, descendo a avenida em linha reta, chegaria à praia por volta das duas horas. Havia alguma razão, perguntei a mim mesmo, para a ordem e a disciplina não ruírem hoje mesmo em vez de amanhã, ou no mês que vem, no ano que vem? O que seria maior benefício para a humanidade: eu passar a tarde fazendo um balanço no dispensário, ou ir à praia, tirar a roupa e deitar de cueca para absorver o benigno sol de primavera, olhar as crianças brincarem na água, depois comprar um sorvete no quiosque do estacionamento, se o quiosque ainda existisse? Em última análise, o que Noel ganhava trabalhando em sua mesa para fazer um balanço dos corpos que entravam contra os corpos que saíam? Será que não seria melhor ele tirar um cochilo? Talvez a soma universal de felicidade aumentasse se declarássemos esta tarde feriado e descêssemos para a praia, comandante, médico, capelão, instrutores de educação física, guardas, tratadores de cachorros, todos juntos com os seis pacientes difíceis do bloco de detenção, deixando para trás o paciente de concussão para cuidar das coisas. Talvez a gente devesse encontrar umas meninas. Por que razão estamos promovendo essa guerra, afinal, senão para aumentar a soma total de felicidade no universo? Ou estaria lembrando errado, seria em outra guerra que eu estava pensando?

"Michaels não está caído fora do muro", relatei. "Nem está usando roupas que possam nos incriminar. Está usando um macacão com a palavra TREEFELLERS bordada na frente e atrás, que estava pendurado em um prego no banheiro da tribuna de honra, sabe Deus desde quando. Portanto, podemos com toda a segurança esquecer dele."

Noel parecia cansado: velho e cansado.

"Além disso", falei, "pode me lembrar por que estamos fazendo essa guerra? Uma vez me disseram, mas faz tempo e parece que esqueci."

"Estamos fazendo esta guerra", disse Noel, "para as minorias terem algo a dizer sobre seus destinos."

Trocamos um olhar vazio. Fosse qual fosse o meu estado de espírito, não consegui transmiti-lo.

"Vamos lá, faça aquele atestado que você prometeu", disse ele. "Não ponha a data, deixe em branco."

Então, quando sentei na mesa da enfermeira naquela noite, sem nada para fazer e a enfermaria às escuras, o sudeste começando a soprar lá fora e o paciente de concussão respirando sossegado, com grande força me dei conta de que estava desperdiçando a minha vida, que estava jogando a vida fora vivendo dia a dia em um estado de espera, que na verdade eu havia me entregado como prisioneiro a essa guerra. Fui para fora e fiquei na pista vazia, olhando um céu limpo varrido pelo vento, esperando que o espírito da inquietação passasse e a velha calma retornasse. Tempo de guerra é tempo de espera, Noel disse um dia. O que havia para fazer no campo, senão esperar, passar pelos movimentos da vida, cumprir a própria obrigação, manter o ouvido alerta o tempo todo para o zumbido da guerra além dos muros, esperando que mude de tom? Ainda me ocorreu imaginar se Felicity, para falar só de Felicity, achava estar vivendo em suspensão, viva, mas não viva, enquanto a história hesitava sobre o curso a tomar. A julgar pelo que se passou entre mim e Felicity, ela nunca concebeu a história como qualquer coisa mais que um catecismo de infância. ("Quando a África do Sul foi descoberta?" "1652." "Onde fica o maior buraco artificial do mundo?" "Em Kimberley.") Duvido que Felicity imagine para si mesma cadeias de tempo rodando e girando em torno de nós, nos cam-

183

pos de batalha e nos quartéis militares, nas fábricas e nas ruas, nas salas de diretoria e nos gabinetes, primeiro no escuro, porém tendendo sempre para um momento de transfiguração em que do caos nasce um padrão e a história se manifesta em todo o seu significado triunfante. A menos que eu a interprete errado, Felicity não pensa em si mesma como um náufrago perdido em um bolsão de tempo, o tempo de espera, tempo de campo, tempo de guerra. Para ela, o tempo é tão cheio quanto sempre foi, mesmo o tempo de lavar lençóis, mesmo o tempo de varrer o chão, enquanto para mim, que ouço com um ouvido as conversas banais da vida do campo e com o outro o movimento suprassensorial dos giroscópios do Grande Desígnio, o tempo se esvaziou. (Ou será que subestimo Felicity?) Até o paciente de concussão, voltado inteiramente para dentro, envolto nos processos de sua lenta extinção, vive, morrendo, mais intensamente do que eu estou vivendo.

Apesar do embaraço que iria nos causar, me vejo desejando que um policial apareça no portão trazendo Michaels pelo cangote como uma boneca de trapos, dizendo "Deviam vigiar melhor os filhos da puta", depositando-o aqui e indo embora. Michaels, com sua fantasia de fazer florescer o deserto com flores de abóbora, é mais um daqueles ocupados demais, burros demais, absortos demais para ouvir as rodas da história.

Esta manhã, sem aviso, um comboio de caminhões chegou trazendo quatrocentos novos prisioneiros, o grupo retido primeiro em Reddersburg por uma semana, depois na linha norte de Beaufort West. Durante todo o tempo que passamos aqui jogando jogos, namorando as meninas, e filosofando sobre a vida, a morte e a história, esses homens estavam esperando em caminhões de gado estacionados em desvios debaixo do sol de novembro, dormindo apertados uns contra os outros no frio das noites do planalto, liberados duas vezes por dia para se aliviar, sem comer nada a não ser aveia cozida em fogos de espinheiros à beira da estrada, vendo cargas mais urgentes que eles passarem enquanto a aranha tecia sua teia entre as rodas de sua morada. Noel disse que ia recusar a entrega e pronto, como deve ter o direito de fazer, dadas as instalações aqui, até sentir o cheiro dos prisioneiros, ver o desânimo e o desamparo deles, e entender que, se criasse dificuldades, eles simplesmente seriam levados de volta para os pátios da ferrovia e empilhados nos mesmos vagões em que vieram para esperar até que alguém, em algum lugar da inimaginável burocracia lá em cima, se mexesse, ou então até morrerem. Então estivemos trabalhando o dia inteiro, todos nós, sem pausa, para processar os prisioneiros: eliminar os piolhos e queimar as roupas velhas, meter todos em uniformes do campo e alimentar e medicar, para separar os doentes dos meramente famintos. A enfermaria e seus anexos estão de novo lotados; alguns pacientes novos não são menos frágeis que Michaels, que chegou, acho, tão perto quanto humanamente possível de um estado de vida na morte ou morte em vida. No final das contas, estamos de volta ao trabalho, e logo, logo haverá de novo exercícios e cantos educativos para acabar com o sossego das tardes de verão.

Houve pelo menos vinte mortes no trajeto, nos contaram os prisioneiros. Os mortos foram enterrados na estepe em túmulos sem identificação. Noel conferiu os documentos. Acontece que eram formulários novos preparados na Cidade do Cabo esta manhã, que não revelavam nada além do número de chegadas. "Por que não pede os documentos de embarque?", perguntei. "Seria perda de tempo", respondeu. "Vão dizer que os documentos ainda não chegaram. Só que os documentos não vão chegar nunca. Ninguém quer um inquérito. Além disso, quem pode dizer que vinte em quatrocentos é uma porcentagem inaceitável? As pessoas morrem, as pessoas estão morrendo o tempo todo, é da natureza humana, não dá para evitar."

O mais comum é disenteria e hepatite, e vermes, claro. Está mais do que claro que Felicity e eu não vamos dar conta. Noel concordou que devo pegar dois prisioneiros como ajudantes.

Enquanto isso, continuam os planos de promover Kenilworth ao nível de segurança máxima. A data da mudança ficou em 1º de março. Haverá grandes modificações, inclusive o aplainamento da tribuna de honra e barracões para abrigar mais quinhentos prisioneiros. Noel telefonou para Castle para protestar contra o prazo tão apertado e ouviu: acalme-se. Estamos cuidando de tudo. Ajude-nos colocando seus homens para limpar o chão. Se houver grama, queime. Se houver pedras, remova. Toda pedra faz sombra. Boa sorte. Lembre sempre, 'n boer maak 'n plan.

Desconfio que Noel está bebendo mais que o normal. Talvez, para ele e para mim, agora seja uma boa hora de abandonar a fortaleza, porque é nisso que evidentemente a Península está se transformando, deixando para trás prisioneiros para guardar prisioneiros, doentes para curar os doentes. Talvez nós dois devêssemos arrancar uma folha do livro de Michaels e viajar para um lugar mais tranquilo do país, os extremos mais obscuros do Karoo, por exemplo, e montar casa lá, dois cavalheiros desertores de meios modestos e hábitos discretos. Como chegar até onde Michaels chegou sem ser apanhado é a maior dificuldade. Talvez um bom começo fosse nos livrarmos de nossas fardas, sujar as unhas de terra e andar um pouco mais perto do chão; embora eu duvide que jamais possamos parecer tão comuns quanto Michaels, ou como Michaels devia parecer antes de ter se transformado numa caveira. Michaels sempre me fez pensar que alguém juntou um punhado de poeira, cuspiu em cima e moldou na forma de um homem rudimentar, cometendo um ou dois erros (a boca, e sem dúvida o conteúdo da cabeça), omitindo um ou dois detalhes (o sexo), mas acabando por chegar a um genuíno homem de terra, o tipo de homenzinho que se vê na arte camponesa entrando no mundo por entre as pernas grossas de sua mãe-hospedeira com os dedos já em gancho e as costas já tortas para viver em buracos, uma criatura que passa a vida curvada sobre o chão, que quando afinal chega o momento abre a própria cova e desliza tranquilamente para dentro dela, e puxa a terra pesada para cima da cabeça como um cobertor, dá um último sorriso, vira de lado e mergulha no sono, de volta para casa afinal, enquanto em algum lugar distante, sem serem notadas, as rodas da história continuam girando. Qual órgão do Estado poderia brincar com a ideia de recrutar criaturas assim como agentes, e que uso teriam a não ser carregar coisas e morrer em grandes números?

Enquanto eu, se numa noite escura resolvesse me enfiar num macacão e num tênis e pulasse o muro (cortando o arame, já que não sou feito de ar), eu sou do tipo que seria pego pela primeira patrulha que passasse enquanto ainda estava resolvendo de que lado fica a salvação. A verdade é que a minha única chance já foi, sem que eu nem percebesse. Na noite em que Michaels escapou, eu devia ter ido junto. É bobagem dizer que não estava pronto. Se tivesse levado Michaels a sério, sempre estaria pronto. Teria uma trouxa sempre à mão, com uma muda de roupa e uma bolsa cheia de dinheiro, uma caixa de fósforos, um pacote de bolachas e uma lata de sardinhas. Nunca teria deixado que ficasse fora de minhas vistas. Quando ele dormisse, eu dormiria atravessado na soleira da porta; quando ele acordasse, eu estaria olhando. E quando ele fugisse, eu teria fugido atrás dele. Poderia ter me esgueirado de sombra em sombra na sua trilha, e pulado o muro no canto mais escuro, e ido atrás dele pela avenida de carvalhos sob as estrelas, mantendo distância, parando quando ele parasse, de forma que nunca fosse forçado a dizer para si mesmo: "Quem está atrás de mim? O que ele quer?", ou talvez até começasse a correr, me tomando por um policial, um policial à paisana, de macacão e tênis, levando uma trouxa com uma arma dentro. Eu teria ido atrás dele a noite inteira pelas ruas laterais até, ao amanhecer, nos encontrarmos na orla de dejetos de Cape Flats, marchando a cinquenta passos um do outro pela areia e pelo mato, evitando os barracos de onde, aqui e ali, uma curva de fumaça estaria subindo para o céu. E aqui, à luz do dia, você teria finalmente se virado e olhado para mim, o farmacêutico transformado em médico prático, em rastreador a pé, que antes de ver a luz havia ditado a você quando podia dormir e quando podia acordar, que enfiou sondas pelo seu nariz e comprimidos em sua garganta, que no seu campo de audição fez piadas a seu respeito, que acima de tudo impiedosamente empurrou comida para você, que não conseguia comer. Desconfiado, raivoso até, você esperaria no meio da trilha eu me aproximar e me explicar.

E eu teria ido até você e falado. Teria dito: "Michaels, desculpe pelo jeito que eu tratei você, não avaliei quem você era até os últimos dias. Desculpe também por seguir você assim. Prometo não ser um peso". ("Não ser um peso como foi sua mãe?" Isso talvez fosse imprudente.) "Não estou pedindo para tomar conta de mim, por exemplo, me alimentando. Minhas necessidades são muito simples. Este país é grande, tão grande que dá para pensar que haveria espaço para todos, mas o que eu aprendi da vida me diz que é difícil não cair nos campos. Porém estou convencido de que existem áreas que ficam entre os campos e que não pertencem a nenhum campo, nem às áreas de captura dos campos — certas montanhas, por exemplo, certas ilhas no meio dos pântanos, certos trechos áridos onde seres humanos podem achar que não dá para viver. Estou procurando um lugar desses para me assentar, talvez só até as coisas melhorarem, talvez para sempre. Não sou tão bobo, no entanto, a ponto de imaginar que posso confiar em mapas e estradas para me orientar. Portanto escolhi você para me mostrar o rumo."

Eu então chegaria mais perto, até estar à distância de toque, e você não deixaria de ver os meus olhos. "Desde o momento em que chegou, Michaels", eu diria, se estivesse acordado e tivesse ido junto com você, "vi que você não fazia parte de campo nenhum. Primeiro, confesso, pensei em você como uma figura engraçada. Insisti mesmo com o major Van Rensburg para isentar você do regime do campo, mas só porque achei que colocar você nas atividades de reabilitação seria como tentar ensinar um rato, um camundongo ou (ouso dizer?) um lagarto a latir, sentar e pegar uma bola. Com o passar do tempo, porém, comecei devagar a perceber a originalidade da sua resistência. Você não era um herói e não fingia ser, nem um herói da fome. Na verdade, você não resistia absolutamente. Quando mandavam pular, você pulava. Quando mandavam pular de novo, você pulava de novo. Quando mandavam pular uma terceira vez, porém, você não reagia, só despencava no chão; e podíamos todos ver, até quem mais tivesse má vontade, que você havia falhado porque esgotou suas forças para nos obedecer. Então pegamos você, percebendo que não pesava mais que um saco de penas, pusemos comida na sua frente e dissemos: Coma, fique forte de novo para depois se exaurir obedecendo a nossas ordens. E você não se recusava. Tentava sinceramente, acredito, fazer o que mandavam. Você aquiescia com sua vontade (desculpe fazer essas distinções, mas são o único meio que tenho para me explicar), sua vontade aquiescia, mas seu corpo refugava. Era assim que eu via. Seu corpo rejeitava a comida que lhe dávamos e você ficou mais magro. *Por quê?*, eu me pergunto: por que este homem não come quando é evidente que está morrendo de fome? Depois, ao observar você dia após dia, comecei lentamente a entender a verdade: que você estava chorando em segredo, sem que o seu eu consciente (desculpe o termo) percebesse, por um outro tipo de comida, comida que nenhum campo pode fornecer. Sua vontade continuava flexível, mas seu corpo estava chorando para ser alimentado com sua própria comida, e só isso. Agora eu aprendera que o corpo não tem ambivalência. O corpo, aprendi, só quer viver. O suicídio, compreendi, é um ato não do corpo contra si mesmo, mas da vontade contra o corpo. E no entanto eu via ali um corpo que ia morrer em vez de mudar sua natureza. Fiquei horas na porta da enfermaria olhando você e meditando nesse mistério. Não era um princípio, uma ideia que estava por baixo do seu declínio. Você não queria morrer, mas estava morrendo. Era como um coelho amarrado na carcaça de um boi, sufocando sem dúvida, mas, em meio a montes de carne, ansiando pela comida verdadeira."

Nesse ponto, eu faria uma pausa no meu discurso nos Flats, enquanto de algum lugar a meia distância atrás de nós viria o som de um homem tossindo, pigarreando e escarrando, e o cheiro de fumaça de madeira; mas meu olho brilhante teria prendido você, por enquanto, plantado no lugar onde estava.

"Eu fui o único a ver que você era mais do que parecia ser", continuaria. "Devagar, enquanto o seu *não* persistente ia ganhando peso, dia após dia, comecei a sentir que você era mais que apenas outro paciente, outra vítima da guerra, outro tijolo na pirâmide de sacrifício que alguém algum dia escalaria, e montado a cavalo lá no pico, rugindo e batendo no peito, se anunciaria imperador de tudo o que enxergasse. Você ficava em sua cama debaixo da janela, só a luz noturna acesa, os olhos fechados, talvez dormindo. Eu ficava na porta respirando devagar, ouvindo os gemidos e o rumor dos outros doentes, esperando; e ficava mais e mais forte dentro de mim a sensação de que em volta de uma cama, entre aquelas todas, havia um ar mais denso, uma concentração de escuro, um negro redemoinho rugindo em total silêncio acima de seu corpo, apontando você, sem mexer sequer a barra dos lençóis. Eu sacudia a cabeça como alguém que tenta afastar um sonho, mas a sensação persistia. 'Não é minha imaginação', eu me dizia. 'Essa sensação de estar se formando um sentido não é algo como um raio que eu projeto para banhar esta ou aquela cama, ou um manto com que envolvo este ou aquele paciente ao meu capricho. Michaels significa alguma coisa, e o sentido que ele tem não é restrito a mim. Se fosse, se a origem desse sentido fosse nada mais que uma carência minha, uma carência, digamos, de algo em que acreditar, já que todos sabemos como é difícil satisfazer uma fome de crença com a visão do futuro que a guerra, para não falar dos campos, nos apresenta, se fosse uma mera ânsia de sentido que me atraísse para Michaels e sua história, se o próprio Michaels não fosse mais do que parece ser (o que você parece ser), um homem de pele e osso com um lábio partido (desculpe, falo só do que é óbvio), eu teria então todas as desculpas para me retirar para os banheiros atrás dos vestiários dos jóqueis e me trancar no último cubículo e meter uma bala na cabeça. No entanto, será que um dia fui mais sincero do que estou sendo hoje?' E parado na porta eu voltava meu olhar mais frio para mim mesmo, procurando, com os últimos meios que conhecia, detectar o germe de desonestidade no coração da convicção — o desejo, digamos, por exemplo, de ser o único para quem o campo não era apenas o velho hipódromo de Kenilworth com barracões pré-fabricados espalhados pela pista, mas um local privilegiado de onde emergia sentido para o mundo. Mas se esse germe espreitava dentro de mim, ele não levantava a cabeça, e se não levantava a cabeça, como eu podia fazer para forçá-lo a isso? (Mas de qualquer forma tenho dúvidas de que se possa separar o eu que investiga do eu que esconde, opondo os dois como falcão e camundongo; mas vamos deixar essa discussão para um dia em que não estejamos fugindo da polícia.) Então eu olharia de novo, e, sim, ainda seria verdade, eu não estava me iludindo, não estava me autoelogiando, não estava me confortando, era como tinha sido antes, era a verdade, havia realmente um adensamento, um espessamento da escuridão acima de uma única cama, e essa cama era a sua."

Nesse ponto, acho que você já teria voltado as costas para mim e começado a se afastar, tendo perdido o fio da meada do meu discurso, ansioso para colocar mais quilômetros entre você e o campo. Ou talvez então, atraído pela minha voz, um bando de crianças dos barracos tivesse se reunido em torno de nós, algumas de pijama, ouvindo de boca aberta as grandes palavras apaixonadas, deixando você nervoso. Então eu teria de correr atrás de você, grudado nos seus calcanhares para não ter de gritar. "Desculpe, Michaels", eu teria de dizer, "não falta muito mais, seja paciente. Só quero contar o que você significa para mim, e aí termino."

Nesse momento, desconfio, por ser essa a sua natureza, você se poria a correr. E eu teria de correr atrás de você, chapinhando na grossa areia cinzenta como se fosse água, desviando de galhos, gritando: "Sua estada no campo foi apenas uma alegoria, se você conhece essa palavra. Foi uma alegoria, falando no nível mais elevado, de como um significado pode, escandalosamente, exorbitantemente, se instalar dentro de um sistema sem passar a fazer parte dele. Você notou como, sempre que eu tentava encurralar você, você escapava? Eu notei. Sabe que ideia passou pela minha cabeça quando vi que você tinha ido embora sem cortar o arame farpado? 'Ele deve saber saltar com vara.' Foi isso que pensei. Bom, você pode não saltar com vara,

Michaels, mas é um grande artista da fuga, um dos maiores fugitivos: tiro meu chapéu para você!".

Nesse momento, com a corrida e a explicação, eu estaria começando a ficar ofegante, e é até possível que você estivesse começando a se distanciar de mim. "Agora, o último ponto, a sua plantação", eu continuaria, ofegando. "Deixe eu falar do sentido da sua sagrada e sedutora plantação que floresce no coração do deserto e produz a comida da vida. A plantação para a qual você está indo agora está em nenhum lugar e em todo lugar, menos nos campos. Ela é outro nome para o único lugar onde você se integra, Michaels, onde você não se sente sem teto. Está fora de todos os mapas, nenhuma estrada que seja só uma estrada leva até ela, e só você sabe o caminho."

Seria imaginação minha, ou seria verdade que nesse ponto você começaria a colocar suas mais urgentes energias na corrida, de forma a deixar claro, para qualquer observador, que estava correndo para escapar do homem que gritava atrás de você, o homem de azul que deve parecer um perseguidor, um louco, um cão farejador, um policial? Seria surpreendente se as crianças, tendo corrido atrás de nós para se divertir, começassem agora a tomar o seu partido e a me atacar de todos os lados, pulando em cima de mim, jogando paus e pedras, de forma que eu teria de parar e espantá-las, enquanto gritava minhas últimas palavras, enquanto você seguia muito à frente, mergulhando nas moitas de caniço mais profundas, correndo com mais força agora do que se poderia jamais esperar de alguém que não come. "Estou certo?", eu gritaria. "Entendi você? Se estou certo, levante a mão direita; se estou errado, levante a esquerda!"

TRÊS

Com as pernas fracas depois da longa caminhada, apertando os olhos contra a brilhante luz da manhã, Michael K sentou-se num banco ao lado do campo de golfe miniatura na esplanada de Sea Point, de frente para o mar, descansando, juntando forças. O ar estava parado. Dava para ouvir o bater das ondas nas pedras lá embaixo e o chiar da água indo embora. Um cachorro parou para cheirar seus pés, depois fez xixi na perna do banco. Um trio de meninas de short e camiseta passou, correndo lado a lado, cochichando, deixando um cheiro doce em seu rastro. Da Beach Road veio o tilintar do sino do sorveteiro, primeiro se aproximando, depois se distanciando. Em paz, em solo familiar, grato pelo calor do dia, K suspirou e devagarinho sua cabeça pendeu para o lado. Não sabia se tinha adormecido ou não; mas quando abriu os olhos, estava bom de novo para continuar.

As janelas fechadas com tábuas ao longo de Beach Road eram mais numerosas do que recordava, principalmente no nível da rua. Os mesmos carros estavam estacionados nos mesmos lugares, embora mais enferrujados agora; uma carroceria, já sem rodas e queimada, jazia tombada de lado junto à barreira marítima. Caminhou pelo passeio, consciente de estar nu debaixo do macacão azul, consciente de que, de todos os transeuntes, era o único sem sapatos. Mas se olhos passavam por ele, eram para seu rosto, não para seus pés.

Chegou a um trecho de grama queimada onde, no meio de cacos de vidro e lixo chamuscado, novos pontos de verde já estavam começando a brotar. Um menininho trepou pelas barras escurecidas de um brinquedo do parque, as solas dos pés e as mãos pretas de fuligem. K foi olhando onde pisava pelo gramado, atravessou a rua, e saiu do sol para a penumbra do hall de entrada apagado do Côte d'Azur, onde se lia numa parede em letras redondas de spray: JOEY COMANDA. Escolheu um lugar no corredor em frente à porta com o aviso de caveira e ossos onde sua mãe morava, e acomodou-se, agachado sobre os calcanhares, encostado à parede, pensando: Tudo bem, vão pensar que sou mendigo. Lembrou-se da boina que tinha perdido, que podia ter posto ao lado para as esmolas, para completar o quadro.

Esperou horas. Não veio ninguém. Achou melhor não levantar e experimentar a porta, uma vez que não sabia o que faria se estivesse aberta. No meio da tarde, quando seus ossos começaram a ficar frios, saiu do prédio de novo e desceu para a praia. Na areia branca, sob o sol morno, adormeceu.

Acordou com sede e confuso, suando dentro do macacão. Encontrou um banheiro público na praia, mas as torneiras não estavam funcionando. As pias estavam cheias de areia; havia um monte de trinta centímetros de areia junto à parede dos fundos.

Quando K parou na pia pensando o que fazer em seguida, viu no espelho três pessoas entrarem atrás dele. Uma era uma mulher de vestido branco apertado, usando peruca loira-platinada e um par de sapatos prateados de salto alto. As outras duas eram homens. O mais alto foi direto até K e pegou-o pelo braço. "É melhor acabar o seu negócio por aqui", disse, "porque este lugar está ocupado." E empurrou K para a cegante luz branca da praia. "Tem muitos outros lugares para ir", disse, e deu-lhe um tapa, ou talvez um leve empurrão. K sentou na areia. O homem alto tomou posição ao lado da porta do banheiro, de olho nele. Usava um boné xadrez meio de lado.

Havia banhistas pontilhando a pequena praia, mas ninguém na água, a não ser uma mulher parada no raso, a saia presa para cima, as pernas bem separadas, sacudindo um bebê pelos braços, da direita para a esquerda, de forma que tocasse as ondas com os pés. O bebê gritava de terror e alegria.

"Aquela lá é minha irmã", disse o homem da porta, indicando a mulher na água. "Essa que está aqui dentro", disse apontando por cima do ombro, "também é minha irmã. Um monte de irmãs eu tenho. Família grande."

A cabeça de K estava começando a latejar. Louco por um chapéu ou um boné, fechou os olhos.

O outro homem saiu do banheiro e desceu depressa os degraus da esplanada, sem dizer uma palavra.

A barra do sol tocava a superfície do mar vazio. K pensou: Vou dar um tempo até a areia esfriar, daí penso em algum outro lugar para ir.

O estranho alto parou ao lado dele, cutucando suas costelas com o bico do sapato. Atrás dele, suas duas irmãs, uma com o bebê amarrado nas costas, a outra agora de cabeça nua, levando a peruca e os sapatos na mão. O pé explorador encontrou a abertura lateral do macacão e abriu, revelando um pedaço da coxa de K. "Olhe, o cara está pelado!", disse o estranho, olhando para as duas mulheres e rindo. "Um homem pelado! Desde quando você não come, cara?" Deu um cutucão mais forte nas costelas de K. "Vamos lá, vamos dar uma coisa para este cara acordar!"

A irmã com o bebê tirou de um saco uma garrafa de bebida embrulhada em papel pardo. K se endireitou e bebeu.

"Então, você veio de onde, cara?", perguntou o estranho. "É para esses aqui que você trabalha?" Apontou com um dedo comprido o macacão, as letras douradas em cima do bolso.

K estava a ponto de responder quando, sem aviso prévio, seu estômago se contraiu e a bebida voltou num jato dourado que afundou imediatamente na areia. Fechou os olhos enquanto o mundo girava.

"Ei!", disse o estranho, e riu, dando palmadinhas nas costas de K. "Isso é que dá beber com o estômago vazio! Sabe de uma coisa? Assim que vi você, eu disse para mim mesmo: 'esse cara com toda a certeza é subnutrido! Esse cara com toda a certeza precisa botar para dentro um bom prato de comida!'." Ajudou K a se levantar. "Venha com a gente, sr. Treefeller, e vamos comer alguma coisa para você não ficar tão magro!"

Juntos seguiram pela esplanada até encontrar um abrigo de ônibus vazio. De dentro de uma bolsa, o estranho tirou um pão e uma lata de leite condensado. Do bolso da cintura, saiu um objeto preto e fino que segurou diante dos olhos de K. Fez alguma coisa e o objeto se transformou em uma faca. Com um assobio de admiração, exibiu a lâmina brilhante para todos, depois riu e riu, dando tapas nas pernas, apontando K. O bebê, espiando de olhos arregalados por cima do ombro da mãe, começou a dar risada também, sacudindo um bracinho no ar.

O estranho se recompôs e cortou uma grossa fatia de pão, que decorou com círculos e espirais de leite condensado e apresentou para K. K comeu, com todo mundo olhando.

Passaram por um beco com uma torneira que pingava. K se afastou para beber. Bebeu como se não fosse mais parar. A água parecia passar através de seu corpo: teve de se retirar para o fundo do beco e abaixar-se num ralo, e depois ficou tão tonto que levou um longo tempo para achar as mangas do macacão.

Deixaram para trás a zona residencial e começaram a subir o sopé de Signal Hill. K, no fim do grupo, parou para recuperar o fôlego. A irmã com o bebê parou também. "Pesado!", disse, apontando o bebê, e sorriu. K se ofereceu para levar sua bolsa, mas ela recusou. "Não precisa, estou acostumada", disse.

Atravessaram um buraco da cerca que marca os limites da reserva florestal. O estranho e a outra irmã iam à frente, por uma trilha que fazia um zigue-zague montanha acima; abaixo deles, as luzes de Sea Point começaram a piscar; mar e céu refulgiram roxos no horizonte.

Pararam debaixo de um bosque de pinheiros. A irmã de branco desapareceu na penumbra. Minutos depois, voltou usando jeans e carregando dois grandes pacotes de plástico. A outra irmã abriu a blusa e ofereceu o peito ao bebê; K não sabia para onde olhar. O homem estendeu um cobertor, acendeu uma vela e enfiou numa lata. Então, sentaram-se para jantar: o pão, o leite condensado, um salsichão inteiro ("Ouro!", disse ele, sacudindo o salsichão na direção de K. "Isto aqui se compra a peso de ouro!"), três bananas. Desrosqueou a tampa da garrafa de bebida e passou adiante. K tomou um gole e devolveu. "Não tem água?", perguntou.

O homem sacudiu a cabeça. "Tem bebida, leite tem também, dois tipos de leite", e indicou casualmente a mulher com o bebê, "mas água, não, meu amigo, lamento dizer que não tem água aqui, não. Amanhã, prometo. Amanhã será um novo dia. Amanhã você vai ter tudo o que precisa para se transformar num novo homem."

Com a cabeça leve por causa da bebida, agarrando a terra de quando em quando para não perder o equilíbrio, K comeu o pão com leite condensado, comeu até meia banana, mas recusou o salsichão.

O estranho falou da vida em Sea Point. "Acha esquisito", perguntou, "a gente estar dormindo na montanha feito vagabundo? A gente não é vagabundo. Temos comida, temos dinheiro, temos um meio de vida. Sabe onde a gente morava? Conte para o sr. Treefeller aí onde a gente morava."

"Normandie", disse a irmã de jeans.

"Normandie, 1216, Normandie. Aí a gente cansou de subir escada e veio para cá. É a nossa estância de veraneio, aonde a gente vem fazer piquenique." Ele riu. "E antes disso, sabe onde a gente morava? Diga para ele."

"Clippers", disse a irmã.

"Clippers Cabeleireiro Unissex. Então, está vendo, é fácil viver em Sea Point se você sabe como. Mas agora me diga, de onde você veio? Nunca vi você antes."

K entendeu que era a sua vez de falar. "Passei três meses no campo de Kenilworth, até ontem de noite", disse. "Eu era jardineiro, para o Council. Isso faz muito tempo. Aí, tive de sair e levar minha mãe para o campo, por causa da saúde. Minha mãe trabalhava em Sea Point, tinha um quarto lá, a gente passou por ele quando vinha vindo." Veio-lhe uma onda de enjoo de estômago, que ele fez um esforço para controlar. "Ela morreu em Stellensbosch, no meio do caminho", disse. O mundo oscilou, depois ficou estável de novo. "Eu nem sempre comia o que precisava", continuou. Tinha consciência de que a mulher com o bebê estava cochichando com o homem. A outra mulher tinha saído do alcance da luz trêmula da vela. Ocorreu-lhe que não tinha visto as duas irmãs se falarem. Ocorreu-lhe também que sua história era insignificante, que não valia a pena ser contada, cheia dos mesmos lapsos que jamais saberia preencher. Ou então simplesmente não sabia contar uma história, conservar vivo o interesse. A náusea passou, mas o suor que tinha começado a verter estava ficando frio e ele começou a tremer. Fechou os olhos.

"Estou vendo que está com sono!", disse o estranho, dando uma palmada em seu joelho. "Hora de dormir! Amanhã você vai ser um novo homem, vai ver só!" Deu outra palmada em K, mais leve. "Você é legal, meu amigo", disse.

Arrumaram as camas nas agulhas de pinheiro. Para eles próprios, pareciam ter roupas de cama tiradas de seus sacos e pacotes. Para K deram um pedaço de plástico pesado que ajudaram a enrolar no corpo. Embrulhado no plástico, suando e tremendo, perturbado por um tinido no ouvido, K dormiu só por alguns momentos. Acordou quando, no meio da noite, o homem cujo nome ainda não sabia ajoelhou-se a seu lado, tapando-lhe a visão do alto das árvores e das estrelas. Pensou: tenho de falar antes que seja tarde demais, mas não falou. A mão do estranho roçou sua garganta e mexeu com o botão do bolso do peito do macacão. O pacote de sementes saiu com tanto barulho que K ficou com vergonha de fingir que não escutou. Então gemeu e se mexeu. Por um momento a mão se imobilizou; depois o homem voltou para o escuro.

Durante o resto da noite, K ficou olhando a lua através dos galhos, enquanto ela atravessava o céu. Ao amanhecer, rastejou para fora do plástico duro e foi até onde os outros estavam deitados. O homem estava dormindo apertado à mulher com o bebê. O próprio bebê estava acordado: brincando com os botões da malha da mãe, olhou para K com olhos sem medo.

K sacudiu o homem pelo ombro. "Pode me devolver meu pacote?", sussurrou, tentando não acordar os outros. O homem grunhiu e virou para o outro lado.

A poucos metros, K encontrou o pacote. De quatro no chão, procurou e recuperou talvez metade das sementes espalhadas.

Botou as sementes no bolso abotoando-o, e abandonou o resto, pensando: que pena, na sombra dos pinheiros não vai crescer nada. E foi tateando seu caminho na trilha em zigue-zague.

Passou pelas ruas vazias da manhã muito cedo e foi até a praia. Com o sol ainda atrás da montanha, a areia estava fria ao toque. Então caminhou entre as pedras, olhando as poças da maré, onde viu caramujos e anêmonas vivendo vidas próprias. Cansado disso, atravessou a Beach Road e passou uma hora sentado, encostado na parede na frente da antiga porta de sua mãe, esperando que quem morasse lá aparecesse e se revelasse. Depois voltou para a praia e deitou-se na areia, ouvindo o tinido ficar mais forte em seus ouvidos, o som do sangue correndo em suas veias, ou dos pensamentos passando por sua cabeça, não sabia qual. Tinha a sensação de que alguma coisa dentro dele havia cedido ou estava cedendo. O que estava cedendo ele ainda não sabia, mas tinha também a sensação de que aquilo que antes achava de si mesmo, que era duro e rijo como uma corda, estava ficando encharcado e fibroso, e as duas sensações pareciam estar ligadas.

O sol estava alto no céu. Havia chegado ali num piscar de olhos. Não tinha lembrança das horas que deviam ter passado. Eu dormi, pensou, mas foi pior que dormir. Fiquei ausente; mas aonde eu fui? Não estava mais sozinho na praia. Duas meninas de biquíni estavam tomando sol a poucos passos dele com chapéus em cima da cara, e havia outras pessoas também. Confuso, sentindo calor, cambaleou até o banheiro público. As torneiras continuavam secas. Despiu os braços do macacão e, nu da cintura para cima, sentou-se no leito de areia soprada pelo vento tentando recompor-se.

Ainda estava sentado quando o homem alto entrou com aquela que considerava a segunda das irmãs. Tentou levantar-se e sair, mas o homem o abraçou. "Meu amigo sr. Treefeller!", disse. "Como estou contente de ver você! Por que saiu tão cedo hoje de manhã? Eu não disse que hoje vai ser o seu grande dia? Olhe o que eu trouxe!" Do bolso do paletó, tirou uma garrafa pequena de conhaque. (Como ele é tão arrumado, morando na montanha? K se deslumbrou.) Empurrou K para a areia do chão. "Hoje à noite vamos fazer uma festa", cochichou. "Você vai conhecer uma porção de gente." Bebeu e passou a garrafa. K deu um gole. Sentiu um langor espalhar-se do seu coração, levando uma dormência abençoada para a cabeça. Deitou-se para trás, flutuando na própria tontura.

Ouviu sussurros; então alguém desabotoou o último botão do macacão e enfiou uma mão fria lá dentro. K abriu os olhos. Era a mulher: estava ajoelhada ao lado dele, acariciando seu pênis. Empurrou a mão dela e tentou se pôr de pé, mas o homem falou. "Sossegue, meu amigo", disse, "isto aqui é o Sea Point, hoje é dia de acontecer coisa boa. Relaxe e aproveite. Tome um trago." Enfiou a garrafa na areia ao lado de K e foi embora.

"Quem é o seu irmão?", K perguntou com a língua grossa. "Como é o nome dele?"

"O nome dele é December", disse a mulher. Será que ouviu direito? Era a primeira vez que ela falava com ele. "É o nome que está no cartão dele. Amanhã, quem sabe, ele pode ter outro nome. Outro cartão, outro nome, por causa dos policiais, assim ficam atrapalhados." Curvou-se e colocou o pênis dele na boca. Ele quis empurrá-la, mas seus dedos rechaçaram o cabelo duro e morto da peruca. Então relaxou, permitindo perder-se na tontura dentro da cabeça e no distante calor úmido.

Depois de algum tempo, em que podia até ter dormido, não sabia, ela estava deitada ao lado dele na areia, ainda segurando seu pênis com a mão. Era mais jovem do que a peruca prateada fazia parecer. Seus lábios ainda estavam molhados.

"Então ele é mesmo seu irmão?", resmungou, pensando no homem que esperava lá fora.

Ela sorriu. Apoiada no cotovelo, deu-lhe um beijo bem na boca, a língua abrindo seus lábios. Puxou vigorosamente seu pênis.

Quando acabou, ele sentiu que tinha de dizer alguma coisa pelos dois; mas agora todas as palavras haviam começado a escapar. A paz que o conhaque produzira estava começando a ir embora. Tomou um gole da garrafa e passou para a moça.

Havia formas pairando acima dele. Abriu os olhos e viu a moça, agora de sapato. Ao lado dela, o homem, seu irmão. "Durma um pouco, meu amigo", disse o homem com uma voz que vinha de muito longe. "De noite eu volto para buscar você para a festa que eu prometi, onde vai ter muita comida e você vai ver como se vive em Sea Point."

K achou que tinham finalmente ido embora, mas o homem voltou e curvou-se em cima dele para sussurrar umas últimas palavras em seu ouvido. "É difícil ser legal", disse, "com uma pessoa que não quer nada. Para conseguir o que quer, não pode ter medo de falar. É o meu conselho para você, meu amigo magro." Deu um tapinha no ombro de K.

Sozinho afinal, tremendo de frio, com a garganta seca, a vergonha do episódio com a moça esperando como uma sombra à margem dos seus pensamentos, K se abotoou e saiu do banheiro para a praia, onde o sol estava baixando e as moças de biquíni estavam se preparando para ir embora. Andar na areia estava mais difícil que antes; chegou a perder o equilíbrio e cair de lado. Ouviu o tilintar do homem do sorvete e tentou correr atrás dele, até lembrar que não tinha dinheiro nenhum. Durante um momento, sua cabeça clareou a ponto de entender que estava doente. Parecia não ter controle sobre a temperatura de seu corpo. Estava frio e quente ao mesmo tempo, se é que isso era possível. Então caiu uma neblina em cima dele outra vez. Junto aos degraus, parado, segurando o corrimão, viu as duas meninas passarem por ele, desviando os olhos e prendendo a respiração, era o que ele desconfiava. Ficou olhando o traseiro delas enquanto subiam os degraus e surpreendeu em si mesmo uma vontade de enfiar os dedos naquela carne macia.

Bebeu água na torneira atrás do Côte d'Azur, fechando os olhos ao beber, pensando na água fria que descia da montanha para o reservatório acima do De Waal Park e depois por quilômetros de encanamento na terra escura por baixo das ruas para jorrar ali e matar sua sede. Esvaziou-se, sem conseguir se controlar, e bebeu de novo. Tão leve agora que nem tinha certeza de estar tocando o chão com os pés, passou da última luz do dia para a sombra da entrada e sem hesitar virou a maçaneta da porta.

No quarto onde sua mãe morava havia uma grande confusão de móveis. Quando seus olhos se acostumaram ao escuro, divisou uma quantidade de cadeiras de aço tubular empilhadas do chão ao teto, grandes guarda-sóis de praia, mesas brancas de vinil com buracos no centro, e, mais perto da porta, três estátuas de gesso pintadas: um veado com olhos cor de chocolate, um gnomo de colete de couro, calças até os joelhos e gorro verde de pingente, e, maior que as outras duas, uma criatura de nariz comprido que reconheceu como Pinóquio. Havia uma película de poeira branca em cima de tudo.

Levado pelo cheiro, K investigou o canto escuro atrás da porta. Foi tateando e encontrou um cobertor amarrotado em cima de uma cama de caixas de papelão amassadas no chão nu. Derrubou uma garrafa vazia, que saiu rolando. Do cobertor vinham os cheiros misturados de bebida doce, cinzas de cigarro, suor velho. Enrolou-se no cobertor e se deitou. Assim que decidiu descansar, o tinido começou a aumentar em seus ouvidos, e por trás dele a pulsação da velha dor de cabeça.

Agora estou de volta, pensou.

Soou a primeira sirene anunciando o toque de recolher. Seguiram-se sirenes e alarmes por toda a cidade. A cacofonia cresceu, e morreu.

Não conseguia dormir. Contra sua vontade, voltava a lembrança dos cabelos prateados curvados sobre seu sexo, e os gemidos da moça enquanto se empenhava em cima dele. Virei um objeto de caridade, pensou. Em todo lugar que eu vou tem gente esperando para praticar suas formas de caridade comigo. Todos estes anos e ainda tenho cara de órfão. Eles me tratam como as crianças de Jakkalsdrif, que estavam dispostos a alimentar porque ainda eram novas demais para serem culpadas de alguma coisa. Das crianças esperavam só um gaguejar de agradecimento. De mim querem mais, porque estou no mundo há mais tempo. Querem que eu abra o meu coração e conte a história de uma vida vivida em gaiolas. Querem saber de todas as gaiolas em que eu vivi, como se eu fosse um periquito, ou um rato branco, ou um macaco. E se eu tivesse aprendido a contar histórias no Huis Norenius em vez de aprender a descascar batata e fazer contas, se eles tivessem me obrigado a treinar a história da minha vida todo dia, com uma varinha em cima de mim até eu contar sem tropeços, talvez eu soubesse agradar. Eu contaria a história de uma vida passada em prisões, onde eu estava dia após dia, ano após ano com a testa apertada no arame, olhando ao longe, sonhando com experiências que nunca ia viver e onde os guardas me xingavam e chutavam meu traseiro e me mandavam esfregar o chão. Quando minha história terminasse, as pessoas iam sacudir a cabeça e ficar com pena, com raiva e me encheriam de comida e bebida; mulheres me levariam para a cama e cuidariam de mim no escuro. Enquanto a verdade é que eu fui jardineiro, primeiro para o Council, depois independente, e jardineiros passam a vida com o nariz enfiado na terra.

K se mexeu, inquieto, em cima do papelão. Descobriu que ficava excitado de dizer, negligente, *a verdade, a verdade sobre mim*. "*Sou jardineiro*", repetia, alto. Por outro lado, não era estranho um jardineiro estar dormindo num armário, ouvindo as ondas do mar?

Sou mais como uma minhoca, pensou. Que também é uma espécie de jardineiro. Ou uma toupeira, também jardineira, que não conta histórias porque vive em silêncio. Mas uma toupeira ou uma minhoca num chão de cimento?

Tentou ir relaxando o corpo centímetro a centímetro, como soubera fazer um dia.

Pelo menos, pensou, pelo menos não fui esperto, e voltei para Sea Point cheio de histórias de como me batiam nos campos, até eu ficar magro feito um espeto e de miolo mole. Eu era mudo e burro no começo, vou ficar mudo e burro até o final. Não é vergonha nenhuma ser simplório. Eles prendiam os simplórios antes de todo mundo. Agora eles abriram campos para filhos de pais que fugiram, campos para gente que esperneia e espuma pela boca, campos para gente de cabeça grande e gente de cabeça pequena, campos para gente sem meios conhecidos de sustento, campos para pessoas expulsas da terra, campos para gente que encontram morando nos canos de água da chuva, campos para meninas de rua, campos para gente que não sabe somar dois e dois, campos para gente que esquece os documentos em casa, campos para gente que vive nas montanhas e explode pontes de noite. Talvez a verdade seja que basta estar fora dos campos, fora de todos os campos ao mesmo tempo. Talvez isso já seja uma conquista, por enquanto. Quanta gente sobrou que não está nem trancada, nem montando guarda no portão? Eu escapei dos campos; talvez, se eu ficar na minha, escape da caridade também.

O erro que eu cometi, pensou, foi voltar no tempo, foi não

ter muitas sementes, um pacote de semente em cada bolso: semente de abóbora, semente de moranga, feijão, semente de cenoura, semente de beterraba, semente de cebola, semente de tomate, semente de espinafre. Sementes dentro do meu sapato também, e no forro do meu casaco, no caso de ter ladrões pela estrada. Então o meu erro foi plantar todas as minhas sementes juntas num canteiro só. Devia ter plantado uma de cada vez, espalhadas em quilômetros da estepe em canteiros não maiores do que a minha mão, e desenhado um mapa e guardado comigo o tempo todo de forma que toda noite eu pudesse fazer um giro pelos pontos para regar. Porque se tem uma coisa que eu descobri no campo, foi que há tempo suficiente para tudo.

(Será essa a moral, pensou, a moral de toda a história: que há tempo suficiente para tudo? É assim que surge a moral, por si só, no curso dos acontecimentos, quando menos se espera?)

Pensou na fazenda, nos espinheiros cinzentos, no solo rochoso, no anel de montanhas, nas montanhas roxas e rosadas à distância, no grande céu azul e vazio, na terra cinzenta e marrom debaixo do sol, a não ser aqui e ali, onde, olhando com cuidado, se vê uma pontinha de verde-vivo, uma folha de abóbora ou de cenoura.

Não parecia impossível que fosse lá quem fosse que desrespeitava o toque de recolher para vir, quando queria, dormir ali naquele canto fedido (K imaginou um velhinho curvado com uma garrafa no bolso, que resmungava baixinho o tempo inteiro debaixo da barba, o tipo de velho que a polícia ignora), deveria estar cansado da vida no litoral e haveria de querer tirar umas férias no campo, caso pudesse encontrar um guia que conhecesse as estradas. Podia repartir sua cama essa noite, já havia acontecido antes; de manhã, com a primeira luz, podiam sair procurando nas vielas um carrinho de mão abandonado; e, se tivessem sorte, às dez da manhã os dois podiam estar rodando pela estrada, lembrando de parar no caminho para comprar sementes e uma ou duas coisas, evitando Stellensbosch talvez, que parecia um lugar de má sorte.

E se o velho descesse do carrinho e se esticasse (as coisas estavam indo mais depressa agora) e olhasse onde a bomba de água ficava antes de os soldados explodirem, de forma a não deixar nada em pé, e reclamasse, dizendo: "Como é que a gente vai fazer com a água?", ele, Michael K, tiraria uma colher de chá do bolso, uma colher de chá e um grande rolo de barbante. Limparia o cascalho da boca do poço, entortaria o cabo da colher de chá feito um aro e amarraria nele o barbante, baixaria aquilo pelo poço fundo na terra, e quando puxasse para cima haveria água no bojo da colher; e desse jeito, diria, dá para viver.

1ª EDIÇÃO [2003]
2ª EDIÇÃO [2003]
3ª EDIÇÃO [2023]

ESTA OBRA FOI COMPOSTA PELO ESTÚDIO O.L.M. EM ELECTRA E IMPRESSA EM OFSETE PELA LIS GRÁFICA SOBRE PAPEL PÓLEN NATURAL DA SUZANO S.A. PARA A EDITORA SCHWARCZ EM AGOSTO DE 2023

A marca FSC® é a garantia de que a madeira utilizada na fabricação do papel deste livro provém de florestas que foram gerenciadas de maneira ambientalmente correta, socialmente justa e economicamente viável, além de outras fontes de origem controlada.